# 기억의 목소리

# 기억의 목소리

## 사물에 스민 제주4.3 이야기

허은실 글 | 고현주 사진

문학동네

제주도 무가巫歌에 따르면,

서역 어딘가에는 서천꽃밭이 있다고 전한다.

여기에 피는 꽃을 죽은 사람에게 뿌리면

살살이꽃은 살을,

뼈살이꽃은 뼈를,

혼살이꽃은 영혼을 되살아나게 해준다고 한다.

# 봉인된 시간의 기억과 마주하다

고현주

동백이 진다. 제주의 봄은 붉은 꽃덩어리가 통꽃으로 장렬하게 떨어져 땅에서도 핀 채로 충분히 아름답다. 제주의 봄은 피어나는 꽃보다 지는 꽃에 눈이 먼저 가는 계절이다. 떨어진 동백꽃 한 송이 한 송이마다 4.3의 영혼이 깃들여 있는 것 같아 차마 밟지 못한다.

암이 왔다. 공교롭게도 『기억의 목소리』 작업은 항암과 함께 진행되었다. 스스로에게 수없이 되새겼던 질문. '난 왜 이 작업을 하고 있나? 이 너덜거리는 육신을 이끌고, 난 지금 누구를 부여잡고 보이지 않는 것들을 보려 하고, 들리지 않는 것들을 들으려 하는가?'

4.3은 그렇게 동백이 질 무렵, 내 육신이 완전히 나락으로 떨어졌을 때 나에게로 왔다.

작업 나가기 전에 내가 밟고 다니는 제주 땅 처처에 누군가의 억울한 영혼이 묻혀 있는 것 같아서 빌고 또 빌었다. 땅을 밟고 걸을 때도, 나무를 만질 때도, 바다를 바라볼 때도, 곶자왈에 들어설 때도, 땅에 떨어져 있는 돌들을 볼 때도, 동백이 지고 벚꽃이 피어날 때도 그 풍경 속에 갇힌 사람들이 보이기 시작했다. 알면 알수록 두려웠다. 제주의 아름다운 풍경 속에 들어가면 갈수록 처참하고 슬펐다. 그래서 더 숨막히게 아름다웠다. 너무나 모순되는 이 감정들이

난 아직도 낯설다.

제주에 오면 많은 사람들이 성산일출봉, 함덕해수욕장, 섯알오름, 다랑쉬오름, 정방폭포, 표선해수욕장 등 아름다운 풍경을 배경으로 사진을 찍는다. 그 아름다운 공간들이 4.3 당시 집단학살터라는 것을 아는 사람은 그리 많지 않다.
제주의 눈부시게 아름다운 풍경은 어쩌면 4.3 영령들의 피의 대가로 우리가 누리고 있는 것인지도 모른다. 제주에 너무 많은 빚을 졌다. 무언가를 하지 않으면 안 되었다. 『기억의 목소리』 작업은 그렇게 무거운 마음으로 시작되었다.

4년째, 4.3 관련 작업을 하면서 많은 유족과 희생자분들을 만난다. 70년 넘는 시간, '상처'와 '회복' 그 중간 어디쯤에 있을 균열의 틈새를 비집고 들어간다. 아득한 시간은 먼지가 쌓여 매캐하고, 비밀스러운 것들로 가득하다. 4.3을 경험한 이들의 이야기는 듣기에도 버겁고 가슴에 쌓아두기엔 더더구나 아프다.
더이상 이름 불리지 않는 것들, 끝내 쓸모없어진 것들, 그리하여 하루하루 닳고 닳아 조금씩 사그라지는 것들은 '가족의 유품'이라는 단 하나의 이유로 70여 년간 피붙이처럼 남겨진 물건들이다.

이런 사소한 물건 하나를 꺼내봄으로써 기억 속에만 존재하는 아버지를, 어머니를, 형님을, 누이를, 동생을 소환해내어 조우한다. 70년 넘게 이 사물과 함께한 시간은 그렇게 스스로 상처를 걷어내고 있었는지도 모를 일이다.

혼자 세월의 흔적을 더께로 입고 남겨진 사물들은 4. 3의 참혹한 현장 안에 있었다. 낱장의 사진은 그래서 알 수 없는 '아우라aura'를 당당히 뿜어내고 있다. 그 아우라는 처참하고 아픈 역사의 시간을 뚫고 나온 힘이다.

만지면 바스러질 듯한 고무신, 할머니의 곱디고운 물빛 저고리, 푸르렀던 시절의 아버지 초상화, 관에서 처음 만난 어머니의 은반지, 푸른 녹이 콕콕 박힌 부러진 숟가락, 두피의 각질이 화석처럼 굳은 채 남아 있는 등 굽은 빗……

바스러져가는 사물을 통해 다시 삶을 이야기한다. 까마득한 시간의 증거, 흔적의 더께를 더 자세히, 더 오래, 더 깊이, 더 느리게 바라본다. 1948년에서 오늘까지, 그사이 벌어진 시간의 균열. 그 가느다란 틈새에서 희미한 빛이 쏟아진다.

섬광 속에 '반짝'하고 빛나는 그 무엇,

오래 들여다보지 않으면 보이지 않는 사물의 영혼들.

비로소 부재 속의 존재들을 만난다.

# 차례

# 강은택
# 아버지의 저고리

"아버지가 4.3 때 스물네 살이었으니 꽃다운 나이에 돌아가셨지요.
제가 세 살 때 돌아가셔서 아버지에 대한 기억도 거의 없는데,
그나마 이 옷이 하나 남아 꺼내서 손주들도 보여주고 그럽니다."

"아가

그만

일어나"

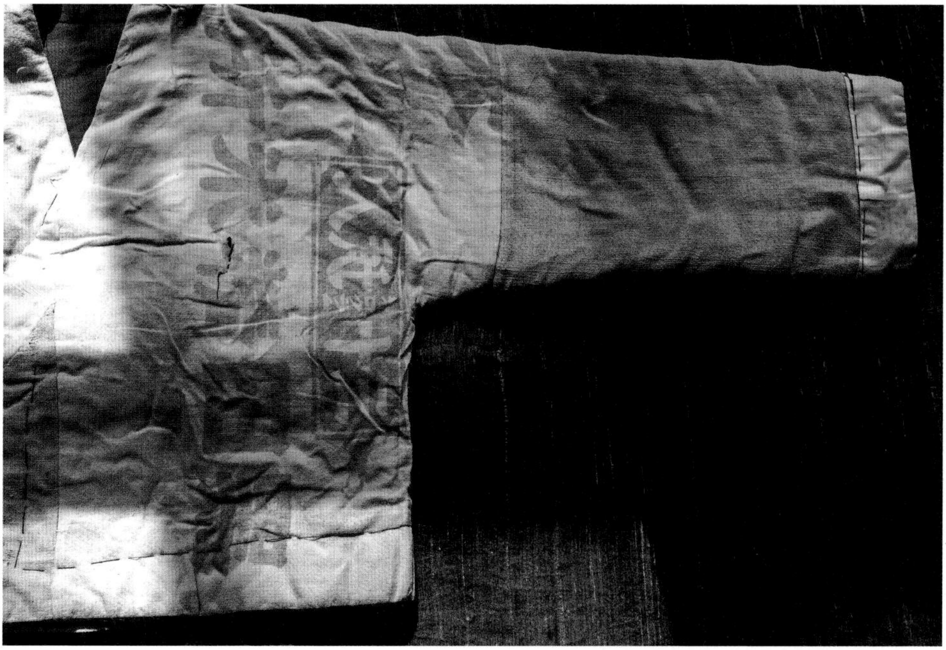

아버지가 유년 시절 입었던 저고리의 안쪽.
일제강점기 정미소에서 쌀을 담던 자루를 안감으로 써서 '흑전정미소'라는 글자와 손바느질 흔적이 선명하다.

"밥
먹어야지"

# 꽃 찾으러

*하 봄잠 오래도 잤다* •

아가 그만 일어나 밥 먹어야지

죽은 아이들
서쪽 하늘가 꽃밭지기 되었지
목까지 차는 붉은 강
세 번 물을 건너
도환생 도환생
꽃이야 꽃이야

애기구덕 한가득 꽃을 따오렴
물허벅•• 넘치도록 꽃을 져오렴

아가 아가 꽃분홍 새 옷 입고
가자 가자 도환생 서천꽃밭
핏속으로 흐르는 꽃
숨 따라 드나드는 꽃을 다오

검은 밭 버려진 몸
흩어진 사지육신 거두어
가슴에 문질러라 숨 돌게 숨살이꽃
상처마다 대어라 살 돋게 살살이꽃

찔린 자리 총구마다
꽃으로 막아
동백은 이리 붉었다

꽃 찾으러 왔단다 왔단다
동쪽 푸른 꽃 줄게
서쪽 흰 꽃을 줄게

말굽에서도 꽃향기가 나는 사월이야

꽃봉오리 열리듯
살아오는 내 사람아

• 제주도 서사무가 〈이공본풀이〉에서.

•• 제주에서 물을 길어서 등에 지는 물항아리.

⁙

내가 세 살 때 돌아가신 아버지가 어려서 입던 옷입니다. 한 일고여덟 살 때쯤 입었던 것 같아요. 할머니가 돌아가신 뒤, 궤를 열어보니까 아버지의 위아래 옷이 있더라고요. 바지는 조금 커서 제가 어릴 때 잠시 입었어요. 그건 입다 버려버리고, 이 저고리는 아마도 색도 곱고 이렇게 하나도 바래지 않았으니까 보관한 것 같아요. 90년이 넘었는데도 변하질 않았잖아요. 할머니가 정미소 쌀 담던 일본 자루를 안에 기지•로 대서 만든 옷이더라고요.

• '천'의 일본말.

아버지가 아직 살아 계셨다면 98세예요. 4.3 때 스물네 살이었으니 꽃다운 나이에 돌아가셨지요. 1948년 겨울 토벌대가 외도리 주변 마을 주민들을 제주경찰서 외도지서에서 300여 미터 떨어진 서쪽밭으로 끌고 가서 여러 차례 집단학살했는데, 그때 학살된 수십 명 중 상가리 주민 6명에 우리 아버지도 포함돼 있습니다. 하지만 어떻게 해서 죽었다는 내력이 안 나옵니다. 제가 세 살 때 돌아가셔서 아버지에 대한 기억도 거의 없는데, 그나마 이 옷이 하나 남아 꺼내서 손주들도 보여주고 그럽니다. _**강은택**(1947년생)

# 안순실
# 어머니의 비녀

"우리 엄마 산 거 말도 몬해. 어려서 어머니가 일만 하는 모습을 보고 자랐어.
그렇게 고생을 해서 4.3 이후에 딱 15년 동안
소, 말 다 장만하고 밭 두 개 해놓고 돌아가셨다."

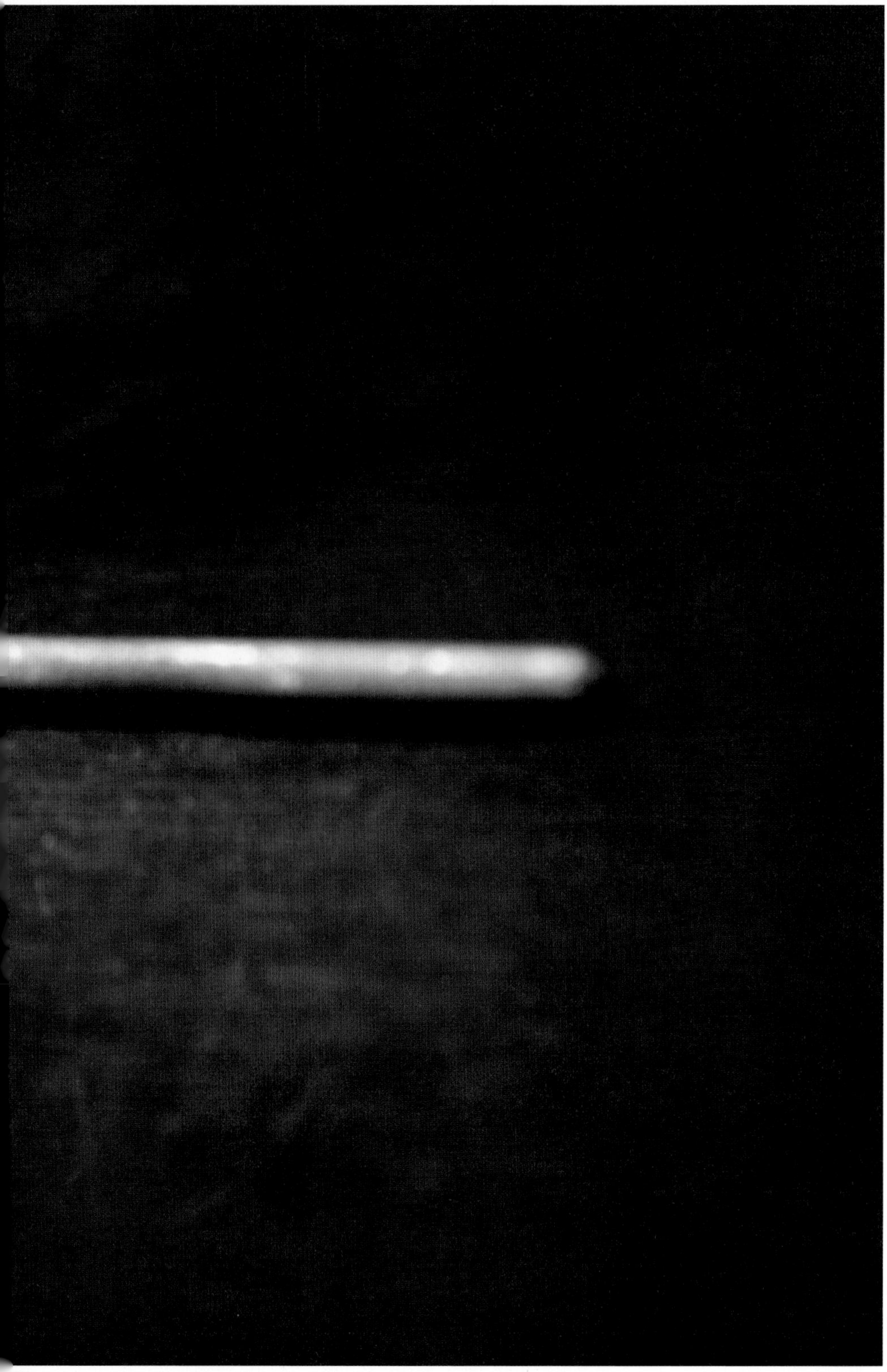

"우리 아버지
너무 잘생겼다.
계속 살았으면
백 살 난 할아방 아이가."

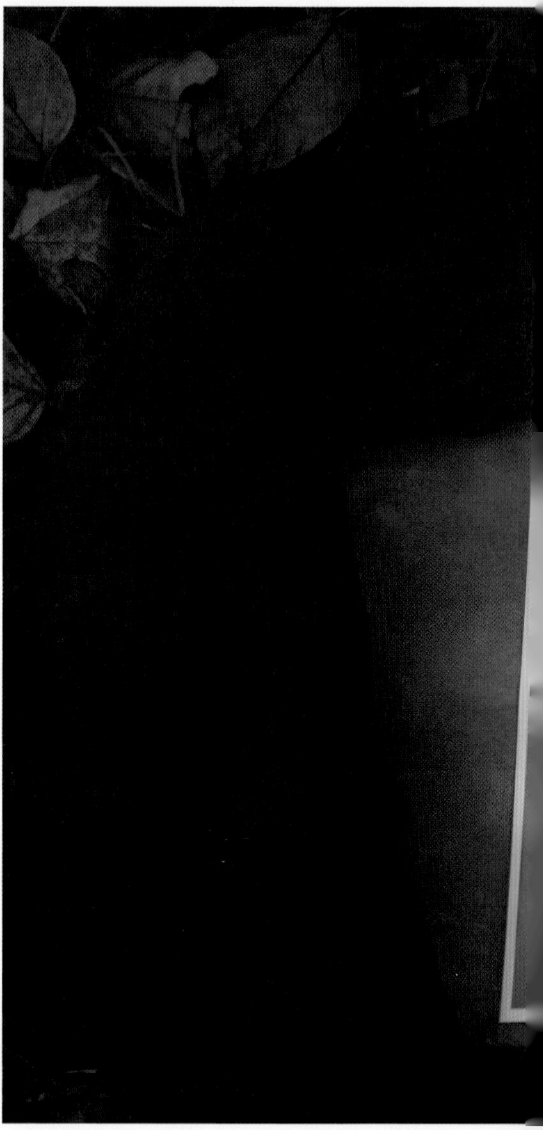

# 비녀

*기척에 눈뜨면*

*경대 앞에 앉은 실루엣*

*새벽 어스름 머리 빗어 여미는 여자*

*흐린 거울 속에서 눈 마주치면*

*희미하게 웃어준다*

*다시 잠들었다 깨어보면*

*사라지고*

*없네*

겨울밭 가득 까마귀떼

부리마다 피가 묻어 있었다

세 살배기 업고

수용소로 움막으로

죽지 않으면 살아진다

그것은 비념[•]이었을까
어떤 결심이었을까

흐트러지는 마음 다잡아 여미듯
흘러내린 머리 단단히 말아
비녀를 찌른다
무릎을 짚고 다시 일어선다

재 위에 집을 짓고
피 묻은 칼을 주워 무를 잘랐다

한 시간 걸어가 한 허벅 길어
한 고소리[••] 술을 빚고
봄에는 고사리 가을엔 고구마

• 제주에서 병을 낫게 해달라고 비는 작은 굿.

•• 소주를 내리는 데 쓰는 재래식 증류기인 '소줏고리'의 제주어.

세 살 눈과 발은 종일
비녀만 좇았는데

검은 머리칼 가운데서 빛나던
엄마의 은비녀
어느 날 조용히 흐느끼는 것
딸은 몰래 슬펐다

그것은 허공에 선 줄꾼의 막대기
어린것만 바라보던 단 하나―의 마음
아니 그것은
울음에 걸어온 빗장

죽을 때에야 어머니는 내려놓았다

너무 작고 가벼운

한 조각의

뼈

⁑

우리 마을을 싹 불태워버렸어. 불을 다 질러버리니 사진 하나고 뭐고 남은 게 없지. 우리 어머니가 나를 업고 옷 입은 채로 나온 거라. 내가 그때 세 살. 함덕으로 내려와서 집단생활을 한 거라. 우리는 죽도 살도 몬하지. 그러다 조천 괸당•집에 좀 있다가 알선흘•• 울타리 안에 북데기••• 깔고 막사리에서 집단생활을 했지. 아버지는 4. 3 때 돌아가셨어. 토벌대가 마을 사람들 숨은 데 말하면 살려준다고 하니 어떤 사람이 사람들 숨은 굴을 알려줘가지고, 북촌 운동장에 다 모이라 해서 밭에 데려가 세워놓고 총살했지. 우리 할아버지가 가서 흙 덮어놨다 모셔왔지. 아버지 바로 밑에 동생도 그 며칠 전 돌아가시고, 그래 친정에도 두 분, 시가에도 두 분이 4. 3 때 돌아가셨으니 진짜 우리는 피해 본 사람들이라.

우리 아버지 너무 잘생겼다. 계속 살았으면 백 살 난 할아방 아이가. 아버지 졸업할 때 다른 사람들은 다 꺼먼 두루마기 입고 꺼먼 신 신었는데, 우리 아버지는 이거 봐라. 그때 당시 이런 옷이 있었나. 당시 면장 손지••••니까 입었지. 아버지가 키도 크고 말을 최고 잘 탔다. 말을 타고 나타나면 우리 친척 할머니는 "아이고, 우리 서울 선비 왐쩌!" 그랬다고 하더라.

• '친척'의 제주어.

•• 선흘리 마을의 옛 지명. 선흘리에는 웃선흘上善屹과 알선흘下善屹이 있었다. '흘'은 제주어로 숲, 수풀이라는 뜻으로 곶자왈 숲이 잘 보존되어 있는 중산간 마을의 특징을 보여준다.

••• 짚이나 풀 따위가 함부로 뒤섞인 뭉텅이.

•••• '손자'의 제주어.

우리 엄마 산 거 말도 몬해. 어려서 어머니가 일만 하는 모습을 보고 자랐어. 혼자 살면서 낮에는 밭일했지, 보리 홀치고 도리깨질하고, 밤에는 바람 안 불면 밤새 푸는체•로 치고 비 오는 날엔 탕건 만들었제. 잠을 안 자요, 잠을 안 자. 옷도 자기대로 다 해 입었지. 또 소주를 빻았어. 우리집이 웃뜨르••라, 한 시간을 걸어가야 물을 길어오거든. 그래 물허벅에 길어다 먹고 고소리술 닦아서 하제. 어찌어찌해서 한 마을에 하나밖에 안 주는 담배표를 얻어 중산간도로로 가서 술 한 허벅 퍼가 팔고 담배 팔고 사탕도 떼다 팔고 우리 어머니는 노는 시간이 없었어요. 그렇게 고생을 해서 4.3 이후에 딱 15년 동안 소, 말 다 장만하고 밭 두 개 해놓고 돌아가셨다. 우리 어머니 죽을 때까지 이 비녀로 쪽졌어. _**안순실**(1947년생)

• '키'의 제주어.

•• 위를 가리키는 '웃'과 들판을 뜻하는 '뜨르'가 합쳐진 말로, 중산간 지역을 일컫는 제주어.

# 안순실
# 시아주버니 내외의 영정 사진

"그 집안도 거의 몰살돼뿠어.
둘이 영혼결혼식 해주고 같이 한 무덤에 합장시켰다."

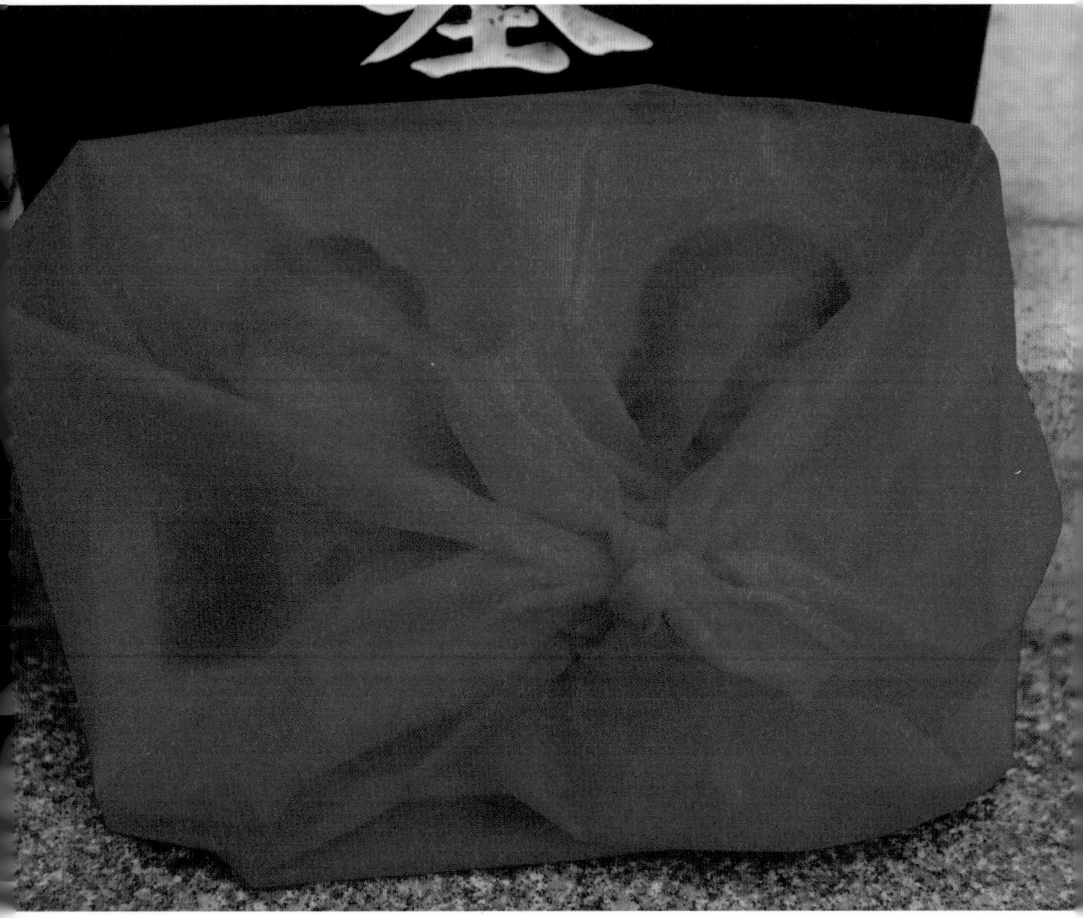

孺人濟州高氏
金公淳鎬追慕碑
技士 級
金公淳範望思碑

孺人陽川許氏
学生金公淳熙之墓
才金聖奉之墓

# 이제,

희, 나는 가고 있어요

당신의 생일이라서 돌아가는 길 꽃을 꺾었지요 샛노란 감국 같은 것도 있는데 나는 왜 흰꽃들만 골라 꺾나 이상했는데 당신을 주려고 억새를 뽑아 꽃들 묶고 스무 살이 되려는 당신에게 나 이 꽃묶음을

이제 다 와가요 희, 그런데 꽃들이 왜 향 기 가 없 지

내 손에는

당신이 따준 볼레* 열매

봄이 되면 그 언덕으로 가자 했지요

검은 모래에서 흰 조개까지

갯무꽃 핀 북쪽 바다 왼편에 두고

어쩌면 우리는 손을 잡을 거예요

나는 여드레밤 아흐레낮도 걸을 수 있어요

* '보리수'의 제주어.

당신에게 걸어갔던 발자국만큼
눈송이들이 내려요
발목이 시려요
내 손은 너무 차요
희, 그런데 우리에게는 이제
몸 이
없
어 요

생일인데 나는 왜 흰꽃들을 추려 꺾었을까
꿈속에도 나는 그게 슬펐습니다

사월 볼레낭의 냄새
당신인 줄을 내가 알아요
넋 난 어미의 몸을 빌려
당신은 나를 찾았습니다

나는 쥐고 있었어요
당신이 따준 볼레 너무 꼭 쥐어
이렇게 새빨갛게, 터졌나봐요

새로 켠 촛불 앞에서 세 번 술을 나누고
이제 우리는 봄언덕으로 갑니다
노을 속으로 어린 새들이 날아가는 것을 보아요

느끼나요 희,
햇고사리 발가락이 우리를 간지럽히는 것
들리나요
볼레 씨앗 몸 여는 소리
우리는 백년을 살 거예요 나무가 되어서
해마다 흰꽃 피우고 붉은 열매를 매달 거예요

그 겨울 우리는 지상을 떠났습니다
그 밤 뜨거운 총알이 우리 몸을 통과했습니다
그해 당신 스물 나는 열일곱

희,

무덤 속에서 비로소 잡아보는

손,

다행이에요

따뜻해서

⁘

우리 아버지 돌아가신 그 밭에서 시숙도 같이 총살당했다. 우리 시어머니가 아들 둘을 4.3 때 잃었거든. 그러니 제정신이 아니지. 몇 날 절을 하다보니까 신이 와뵀어. 죽은 시숙이 어머니한테 와가지고 '내 일기장에 보면 뭐가 있다' 이리 나온 거라. 그래 일기장을 찾아보니까 연애한 그 편지가 딱 있어. 화북 여잔데 허씨야. 허약국집이라고, 집안이 좋아서 제주시에 가서 공부를 하는데 거기서 연애를 했어. 그리 좋아해놨다고 하더라고.

우리 시아버지가 찾아가보니까 그 집안도 거의 몰살돼뿠어. 그래가 조카 하나가 있더라고. 뒤에 우리 시어머니가 다 모셔온 거라. 둘이 영혼결혼식 해주고 선산으로 다 모셔와가 같이 한 무덤에 합장시켰다. 이 사진은, 여자분은 교복 입고 있던 사진에 옷만 다시 그리고, 시숙은 빡빡머리니까 머리도 좀 길게 어른처럼 그린 것이다. 자식 없고 하니까 우리가 제사를 지내. 몇 년이라, 시집와서 지금까지. 시숙이 아버지랑 같은 날 돌아가셨으니 내 일생을 아버지 제사를 못 모셨다 아이가. _**안순실**(1947년생)

# 양남호
# 어머니의 놋쇠숟가락

"어머니는 아버지에 대한 정이 대단했어요.
돌아가시기 전 마지막까지 이 놋쇠숟가락으로만 식사를 하셨어요."

스물일곱 살에 남편과 생이별한 어머니 문임생씨의 놋쇠숟가락.
생의 마지막까지 이 숟가락으로만 식사를 하셨다.

토벌대를 피해 온 식구가 한라산에 숨어 지낼 때 밥을 해먹었던 냄비와 그릇들.

# 녹슨 한술

사나운 꿈들 받아내던 베개

한술 떠낸 자리가 오　　　　　다
　　　　　　　　　　　목　하

숟가락을 놓는 것
당신을 눕히는 일 같아
잠든 얼굴 쓸어보듯
호젓이 둥그런 것을 가만
어루만져보는 저녁

스물일곱 미환未還
매일 새로 지은 밥
따로 올렸다

그 옆에 누운 길쭉하니 외로운 것
아버지 같이 쓰던 한 벌의 놋쇠
이 숟가락으로만 끼니를 넘겼다

북쪽 일곱 별 따서 만든 이것은
가장 오래 살을 드나드는 쇠붙이

칠성은 우주의 혀와 목구멍이란다
먹이는 일은 별 향한 오랜 치성
겨울산 숨어 찬 음식 넘길 때도
잿물 묻혀 닦았다

밥을 담고 약을 개어
세월을 삭이고 열을 삭였다

한술 동백을 삼켰다

여위는 당신의 몸
숟가락을 닮아갔다

저는 이제까지 한 번도 4.3에 대해 잊어본 적이 없어요. 여섯 살 때 군인들이 오라리에 불을 질러서 할아버지, 할머니, 큰아버지, 작은아버지, 아버지, 어머니 다 같이 한라산으로 올라갔어요. 나머지 가족들은 먼저 내려오고 저는 어머니 아버지와 산에 남았는데, 귀막이 있는 모자 하나 쓰고 그 겨울을 지내면서 이것들로 밥을 해먹었어요. 어머니가 몰래 내려와 숨겨둔 양식 갖고 올라가고 한 4~5개월. 산에서 내려와서도 이걸로 중학교 때까지 밥해먹었어요.

어머니는 아버지에 대한 정이 대단했어요. 돌아가시기 전 마지막까지 이 놋쇠숟가락으로만 식사를 하셨어요. 매일 볏짚에 재를 묻혀 닦아서 보관하면서. 아버지가 붙잡혀가신 뒤, 대전형무소에서 돌아가셨단 소식을 듣기까지 30년 동안 밥을 해서 벽장에 놓고 정성을 들이셨죠. 하지만 정작 당신은 2009년 돌아가실 때까지 생일상 한 번 차리지 못하게 하셨습니다. "할아버지 할머니 생신도 못해드렸는데 내가 무슨 생일상 받을 자격이 있느냐" "신(신발) 삭고 물 삭은 일. 지금 얘기하면은 니네 어멍이 살아올 거냐, 니네 아방이 살아올 거냐" 그러시면서요.

이런 유품들 볼 때마다 어머니에 대한 애달픈 생각밖에 안 들죠. 저도 이제 일흔아홉인데 잊어버려야죠, 뭐…… _**양남호**(1943년생)

# 강중훈
# 어머니의 재봉틀

"아버지 돌아가시고 어머니가 재봉틀질해서 우릴 키웠죠.
우리가 이것 때문에 살았지."

"결국 돌아와
이 학살터 앞에
집을 지었어요.
그런데 그렇게 마주하면서
마음이 다스려져요."

옆면에 봉황이 섬세하게 새겨진 아버지의 책상. 아버지가 쓰던 책상에 아들이 앉아 책을 읽고 시를 썼다.

"죽음은

그렇게

간단했어요."

아버지가 일본에서 사온 네덜란드풍 술잔. 돌아가시기 전까지 이 잔으로 제상에 술을 올렸다.

일본에서 장사하던 아버지가 쓰던 가계부.
안에 기록된 이름의 주인들에게 혹여 해가 될까, 쓰인 페이지는 찢어버렸다.

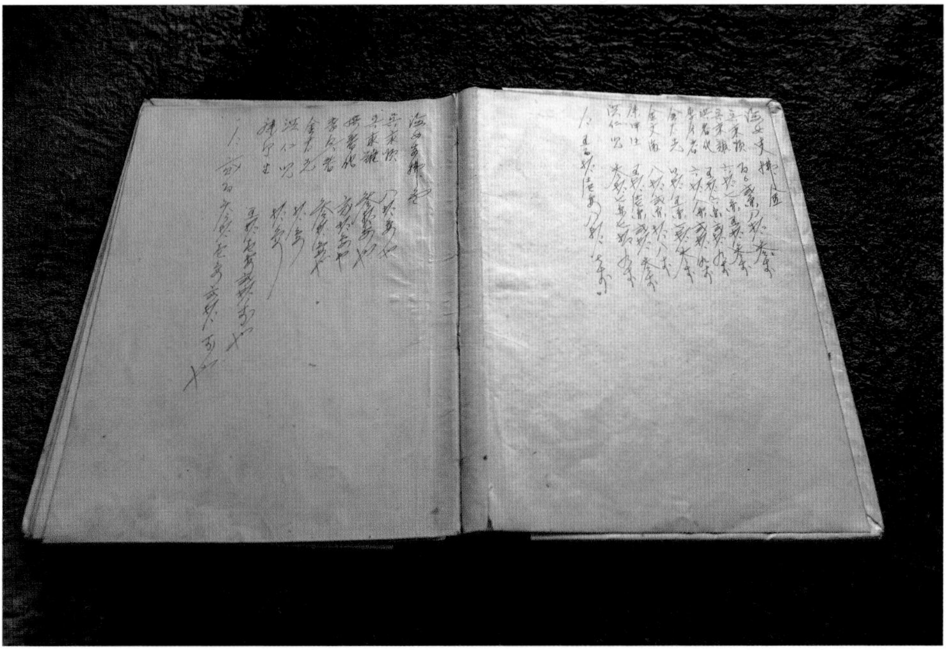

유일하게 남은 아버지의 필적.
아버지가 남긴 빈 페이지들은 아들의 습작노트가 되었다. 그의 시는 아픈 역사의 이어쓰기이다.

# 미싱

젊은 엄마의 두 손 사이
바늘이 지나간다
틀어진 솔기
조각난 생애를 잇는다

밤새 미싱 돌아가는 소리에
아들은 키가 자랐다

멜떼•처럼 쓰러져간 사람들
터진목 그듸••서 이녁을 잃고
남의 옷 짓고 고치는 일로 한 생애

바늘로 쓴 어머니의 필적이 늘어갈 때
아들은 뼈가 굵었다

• '멸치떼'의 제주어.
•• '거기'의 제주어.

미싱에 앉아 옷을 짓는 곁
책상에 앉아 아들은 시를 지었다
아버지가 쓰던 책상은
기억의 성소
아버지 노트의 빈 페이지들이
습작노트가 되었다

눈감으면 미싱 소리
먼 데 기관총 소리

습작처럼 떠돌던
아들은 언어의 사원을 짓는다

홈질같이 단정했던 아비의 필체를
아들은 닮은 것 같았다

⁘

멸치떼가 밀려와서 덤으로 죽듯이 그렇게 죽었어요. 터진목이라는 덴데, 여기서 460여 명이 학살됐어. 1948년 11월부터 이듬해, 그 이듬해까지. 그때 내가 여덟 살이었는데 우리 할아버지, 할머니, 아버지 3형제, 고모까지 다 학살되는 현장을 직접 봤어요. 죽음은 그렇게 간단했어요.

그전 봄에는 입학식을 하고 와서 아버지랑 둘이 마루에 앉아 이야기를 하고 있었는데 갑자기 아버지 얼굴색이 바뀌는 거예요. 그러더니 "아버지 없다고 해라. 아버지 안 산다고 해라" 하시면서 황급하게 광 쪽으로 달려가시더라고요. 아버지가 숨자마자 바로 경찰들이 들이닥쳤어요. 군홧발로 마루에 올라가더니 아버지를 찾아요. 저는 겁이 나서 오줌을 다 지렸는데, 그 어린 나이에도 아버지를 지켜야겠다는 생각이 들더라고요. 그래서 왜 왔냐고, 아버지 없다고, 집에 안 온 지 오래됐다고 태연하고 당당하게 얘기했지. 경찰들이 이 책상 서랍을 열고 막 뒤지면서 '뭐가 없네' 그러고는 궤로 가서 또 뒤지더니 '못 찾겠는데……' 그러다 갔어요. 그때부터 계속 아버지를 찾으러 다니더라고요. 그러니 잊어버릴 수가 없는 책상이죠, 그 상황을 또렷하게 기억할 수 있는 물건이니까.

아버지 돌아가시고 어머니가 재봉틀질해서 우릴 키웠죠. 저한테는 어머니가 율법이었어요. 우리가 이것(재봉틀) 때문에 살았지. 10대 때는 여기가 싫어서 서울로 도망도 갔지만, 결국 돌아와 이 학살터 앞에 집을 지었어요. 안 볼래야 안 볼 수 없는 풍경이지. 그런데 그렇게 마주하면서 마음이 다스려져요.

4.3은 팩트나 배상, 보상의 문제보다 이 팩트를 어떻게 끌고 나가 역사에 남기느냐, 어떻게 이 사람들의 아픔을, 가슴을 달랠 거냐가 문제라고 생각해요.
_**강중훈**(1941년생)

# 이양자
# 부모님의 놋화로

"옛날엔 목탄 만들어서 화로에 숯 피워서 일 년 내내 불씨를 끄지 않았어요, 여름에도. 그땐 성냥도 없었으니까. 그런데 4.3 때 끊어졌지."

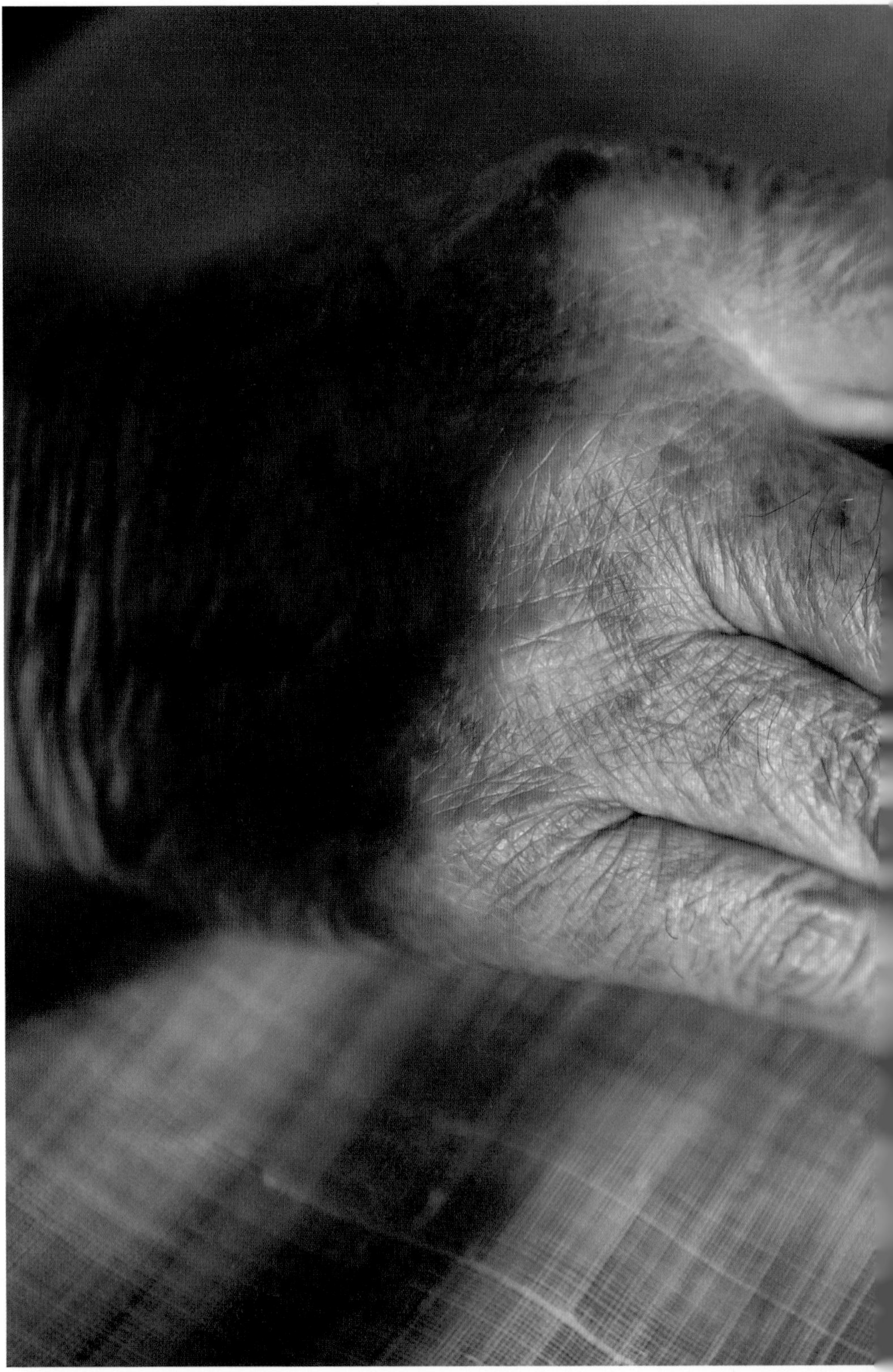

증조할아버지 때부터 쓰던 100년이 넘은 연적.
이 연적에 물 담아 먹 갈아 붓글씨를 쓰며 이양자씨의 남편 문성익씨는 천자문을 배웠다.

침술을 하던 아버지의 부항기.
이것으로 아버지는 동네 사람들의 상처와 병을 도맡아 치료했다.

"그래서
4. 3을 겪고도
여직
남아 있는 거지."

아버지가 사용하던 요강.
4. 3의 난리통 속에서도 요강 안팎을 옷으로 가득 채워 궤 깊숙이 보관했다고 한다.

# 놋화로가 있던 방

귓바퀴가 새빨개진 우리들은
다가들어 곱은 손을 부볐다
눈바람 매워도 그 방에선 뭉칼뭉칼
콩나물이 잘도 컸다

화롯가에 마주앉아
어머니와 아버지는 담뱃잎을 부수었다
불을 댕기면
아슴히 자욱한 연기
화로에 재를 떨며 어머니는 더러
희도록 웃었다

이슥히 나누던 말소리
자장가로 두런 스며들고
감겨오는 내 눈 속에
별처럼 깜빡이던 불의
눈빛
한여름에도 꺼뜨리지 않았던
누대의 불씨

해안가에서 돌아왔을 때
식은 화로 속
삭은 재만 희었다
재에 묻힌 부젓가락 한 쌍
선득했다

밤중에 눈떠보면 아버지 혼자 담배를 피우고 있었다

연기 속에 희미해진 실루엣은
어깨가 기울어져 있었다
화로가 식어버린 그날 이후
가슴에 불의 씨앗을 심은 사람이 있었다

⁙

이 화로 볼 때 아버지가 제일 생각나요. 어렸을 때 어머니 아버지가 화로를 가운데 놓고 마주앉아 담배 피우던 모습. 옛날엔 부부가 같이 담배 피우는 집이 많았거든. 담배를 심어서 말려가지고 비벼서 피우는 거지. 옛날엔 목탄 만들어서 화로에 숯 피워서 일 년 내내 불씨를 끄지 않았어요, 여름에도. 그땐 성냥도 없었으니까. 그런데 4.3 때 끊어졌지. 피난을 가야 하니까. 아버지가 침술을 하셨는데 이 부항기로 나쁜 피, 어혈 뽑아내고 그러던 것도 기억나요. 4.3 이후에도 마을 사람들 많이 고쳐줬죠. 그때는 약도 없고 병원도 못 가고 하니 아프면 다 우리집으로 왔어요. 와사풍•으로 입 틀어진 사람 고쳐주고 큰 허물, 작은 허물 다 아버지가 고쳤어요. 여덟 살 때 고산으로 피난 갈 때도 대나무밭 같은 데 땅 파서 화로를 묻어놓았어요. 그래서 4.3을 겪고도 여직 남아 있는 거지. "화로도 소중한 거여. 꼭 곱정놔두라••"란 아버지의 말씀 생각나 여태 보관해두고 있죠. _**이양자**(1941년생)

• '구안괘사'의 경상도 방언. 입과 눈이 한쪽으로 돌아가는 병이다.

•• '숨겨두라'의 제주어.

증조할아버지한테 받아서 우리 할아버지 때부터 쓰던 거니까 100년도 더 됐죠. 우리 할아버지가 훈학을 하셨거든요. 할아버지한테 한문 배우느라 붓글씨 쓸 때 연적을 썼어요. 4.3 당시 저는 열세 살이었는데, 총살 현장에도 있었으니 다 알죠. 그때는 '괸당'이라고, 꼭 어디에 소속돼 있지 않아도 너도 그 물이라고 바로 사형시켜버렸거든. 재판이란 게 없었어요. 현장에서 바로 즉결처분. 당시 8촌 형님이 서부지역 부사령관이었는데, 그 피해로 문씨는 다 죽였어요. 우리 형님도 산간 출신이라는 이유로 바로 사형시켜버렸으니까.

_**문성익**(1938년생)

# 윤만석
# 아버지의 궤

"우리집에 50년도 넘은 멀구슬나무가 있었어요.
그걸로 궤를 짜고 있는데 느닷없이 군인들이 들이닥쳤어요."

궤 위에 놓인 아버지, 어머니의 빛바랜 초상 사진.

# 몰쿠실낭• 궤

궤를 열면
멀구슬꽃내음
일곱 살 마당

아버지의 아버지 심었다는 몰쿠실낭
아버지 첫 울음소리에 한 켜
연보라 꽃그늘 입맞춤에 한 켜
나이테가 늘어갔다
북해도 징용 보내던 날
나무는 속으로 옹이가 깊었다

큰아이 두 팔 가득
단단해진 아름드리
그늘째 내어준 그해였다
몰쿠실낭 다듬던 아버지
끌려간 날

• '멀구슬나무'의 제주어.

그루터기에 앉아 일곱 살은
구슬을 던지며 멀리 울었다

물려받은 것은
텅 빈 궤 하나와 기일뿐이어서
죽은 이들 먹이기 위해
산목숨 이어온 시간이었다

생채기들이
아름다웠던 목리木理를 가렸다

가을이면 애련애련 옹이가 저려와
궤를 열면 어둠 속에 웅크린
일곱 살이 있다

⁙

이 동네가 동광양 물통 앞 진동산이라는 곳인데 큰아버지, 작은아버지는 옹기 만들고 아버지는 궤 짜는 일을 했어요. 우리집에 50년도 넘은 멀구슬나무가 있었어요. 그걸로 궤를 짜고 있는데 느닷없이 군인들이 들이닥쳤어요. 아버지, 작은아버지, 큰아버지, 동네분들 다 잡아갔어요.

그전 어느 날에는 갑자기 군인들이 제 친구집으로 쳐들어갔어요. 시커멓고 덩치 큰 셰퍼드 한 마리를 끌고서. 그 셰퍼드가 돼지를 물어뜯던 게 생생해요. 그 군인들은 친구 아버지를 데리고 나오더니 주민집결명령을 내렸어요. 남녀노소 할 것 없이 주민들을 다 집결시키더니, 군인들이 끌고 왔던 친구 아버지를 공개처형했어요. 그러더니 마을 어른들을 연행하기 시작한 거예요. 그날 아버지, 큰아버지, 작은아버지, 어머니, 어린 동생까지 다 잡혀갔어요. 동네가 아수라장이 됐죠. 그때 내가 일곱 살이었는데 기억이 생생해요. 완전히 기억나요. 큰아버지 작은아버지는 행방불명되고, 아버지는 목포형무소로 끌려가 형을 살았어요. 영문도 모르는데 '내란죄'로. 아버지가 일제강점기엔 강제노무자로 징집당해서 북해도 탄광에 끌려가 일하다 해방 후 귀국하셨는데, 4.3으로 그 꼴을 당하고 6.25전쟁이 터지니까 또 징집됐어요. 내란죄를 받은 사람을 징병하는 게 말이 안 되잖아요. 근데 끌려가서 큰 부상을 입고 돌아오셨어요. 아버지가 경제활동을 할 수 없으니 제가 장남으로서 생활을 꾸려야 하잖아요. 우선 7남매가 먹고살아야 하니까 악착같이 동생들 살리려고만 했지 다른 생각 할 여지가 없었어요.

우리 살아온 건 말로 못해요. 저뿐 아니라 4.3을 겪은 사람들은 집안 자체가 풍비박산이 되는 거예요. 좌파나 우파나 할 것 없이 제주도에서는 너나없이 다 피해자입니다. 무조건 명예회복을 해줘야 해요. 산에 올라간 사람이라도 쌀을 달라고 하면 안 줄 수 없잖아요. 그건 죄가 아니에요! _**윤만석**(1943년생)

# 홍기성
# 어머니의 데왁세기

“쌀독에서 이 데왁세기로 쌀을 뜰 때 어머니 머리가 높으면 안심되고
허리가 굽어 뜰 때는 한숨이 나오죠. 언제 이걸 채우나 하고……
어머니 마음이 그렇지 않았겠나 생각해요.”

"햇빛에선 쇠맛이 났다
머리에서 흘러내리던
피의 맛"

제사 때 쓰던 놋쇠 향로와 촛대.

밥을 풀 때 쓰던 놋쇠주걱.

어지러워

눈감으면

국을 뜰 때 쓰던 나무주걱.

# 흰 빛 속으로
# 쌀 쏟아붓는 소리

떡 만들 때 모양을 내던 떡틀. 왼쪽부터 솔벤, 절벤, 고달떡을 만드는 틀로 각각 달, 해, 별을 의미한다.

어머니와 아버지의 젊은 시절 모습.
아버지는 '어진 순경 홍순경'이라 불릴 만큼 성품이 유순했고, 어머니는 늘 강인하고 부지런했다.
모질고 고단한 세월을 함께 통과해온 뒤, 천왕사 근처로 나들이를 떠났던 어느 봄날이 아련하다.

## 데왁세기•

빛 아래만 서면 쇳소리
지잉—
귀가 울고

햇빛에선 쇠맛이 났다
머리에서 흘러내리던
피의 맛

어지러워 눈감으면
흰 빛 속으로
쌀 쏟아붓는 소리

데왁세기 독의 수심을 재고 온 날이면
허리를 펴는 한숨이 서 말
소보록이 서서 쌀 뜬 날이면
흰 미나리꽃 같은 미소가 한 되

• '쪽박'의 제주어.

해 아래만 서면 울렁울렁
어질머리 세상 어떵* 살아신지
그늘로만 디뎌온 날들

가난한 제상에 차려내던
어멍들 하늘엔
솔벤 절벤** 고달떡
해사한 얼굴 죄 없어
희다

* '어떻게'의 제주어.
** '송편, 절편'의 제주어.

⁘

쌀독에서 이 데왁세기로 쌀을 뜰 때 어머니 머리가 높으면 안심되고 허리가 굽어 뜰 때는 한숨이 나오죠. 언제 이걸 채우나 하고…… 어머니 마음이 그렇지 않았겠나 생각해요. 이 국자로 국을 뜰 때도 건더기가 있으면 푸짐하구나 하셨을 거고, 국물만 있는 국을 뜰 때 마음이 어떠했을까 싶고요. 솔벤, 절벤 이런 떡 만들 때 쓰는 떡틀, 보리밥 저을 때 쓰던 놋밥자•, 촛대…… 이것들 다 어머니의 어머니부터 쓰시던 살림이에요.

• '놋주걱'의 제주어.

어머니는 늘 저한테 독립심, 자립심을 키워주려고 하셨던 것 같아요. 제가 어릴 땐데 돼지 한 마리를 사서 "이거 네 돼지다, 잘 키워 팔아서 너 필요한 데 쓰도록 네 이름 붙일 테니 네가 관심 갖고 키워라" 하셨거든요. 스스로 배우고 자신감과 자립심을 키워 벌어 쓸 수 있도록 하기 위해 돼지를 사주셨던 거죠. 시골 촌사람으로 살면서, 자기 몫이라 하지 않으면 스스로 하지 않고 시키는 일이나 했을 것 같은데, 그것이 어머니의 애틋한 사랑의 방식이었구나 싶어요.

어머니한테 그런 강인함과 부지런함을 배운 게 가장 크죠. 동네 사람들이 그랬거든요. 기성이는 어디 가서 던져버려도 산다고. 제가 4.3 때 죽창에 여러 군데 찔려 피를 많이 흘린 뒤에 빈혈 때문에 바깥일을 못해서 세탁소를 차렸어요. 그래도 열심히 살아서 빚도 갚고 집도 사고, 그래서 어머니도 안심하고 돌아가셨을 것 같아요. 이제는 4.3도 교과화해서 우리 도민만이 아니라 전 국민과 후손이 아는 기록사로 남도록, 전 세계가 이 4.3이라는 역사를 통해 배우도록 세계화해야 한다고 생각합니다. _**홍기성**(1945년생)

# 윤옥화의 물옷

"배에서 〈기러기 아빠〉랑 〈여자의 일생〉 같은 노래 불렀던 기억이 나.
그때는 물소중이를 만들어서 입고 했지."

“물옷 입으면 살아져
물에만 들면 사라져
그립고 서러운 마음도
총알 자국 욱신거림도”

바위에 붙은 전복을 딸 때 사용하던 빗창과 골갱이.

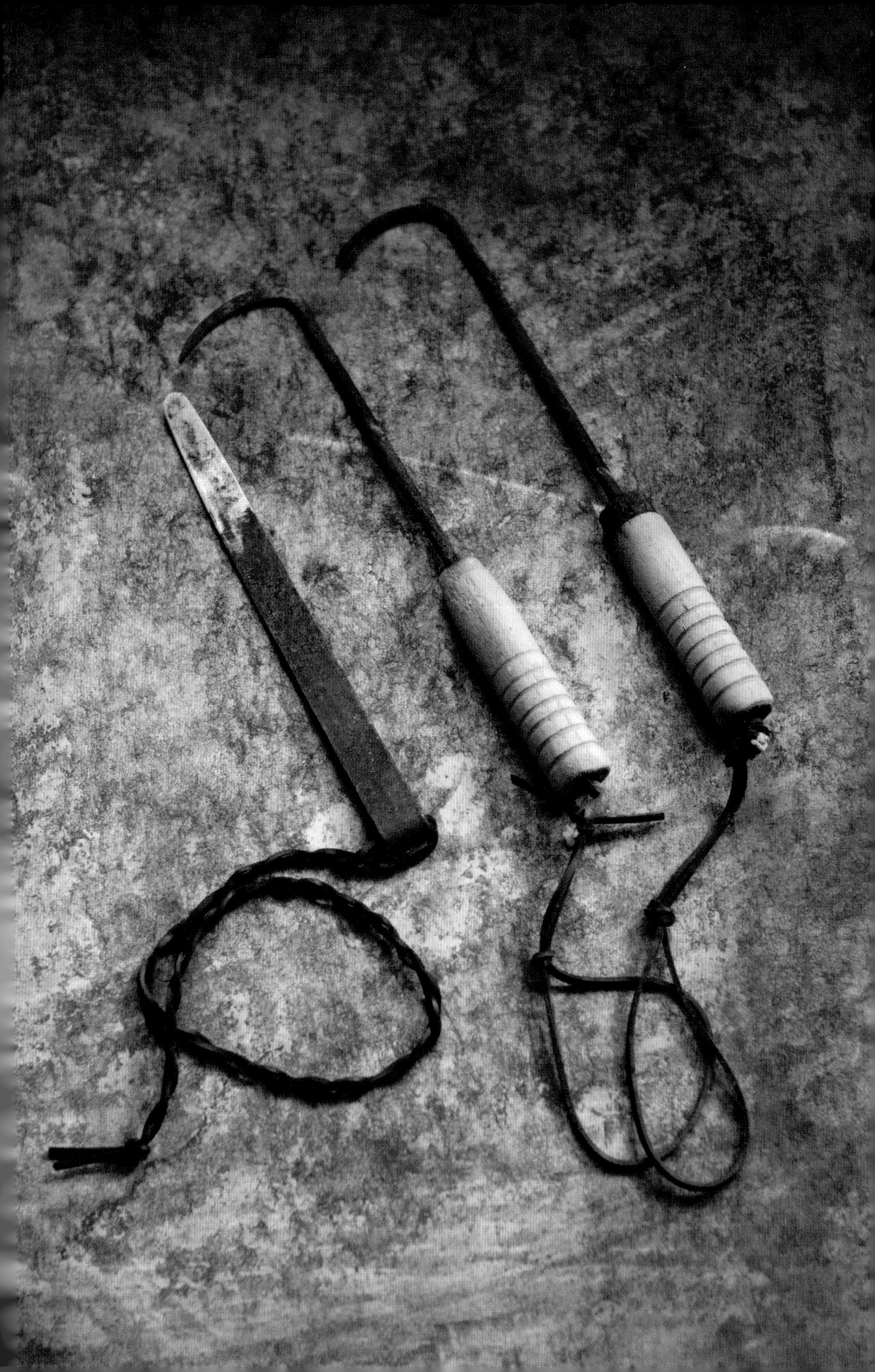

직접 손뜨개질한 로션 보관용 주머니. 물질하다가 나오면 얼굴이 건조해져서 꼭 필요한 물품.

## 검은 살붙이

눈이 내린다 잿빛 바다에

바당[•]은 내 너븐숭이[••]
바다에만 들면 다 잊어져
차운 눈발도 시린 발도
등에 박힌 총알도

눈이 왔는데 맨발인데 섣달 차디찬 눈밭인데 흰 눈에 뿌려지던 피붙이 붉은 꽃인데
양말을 겹쳐 신어도 서리처럼 아직 시린 발바닥인데 칼날처럼 발목 에는 한기인데

물옷 입으면 살아져
물에만 들면 사라져
그립고 서러운 마음도
총알 자국 욱신거림도
호오이 휘이잇 숨 비우듯

• '바다'의 제주어.

•• '넓은 쉼터'라는 뜻. 4.3 당시 가장 많은 희생자가 나온 북촌리의 지명이기도 하다.

물옷만 입으면 지꺼져[●]
평생 떨어온 몸 감싸안아
푸른 깊이로 데려가주는
내 검은 살붙이

이어도사나 노 저어가면
배 옆으로 수애기들[●●]
이어사나 노래 맞춰
쫄락쫄락 뛰어놀던
바당은 내 너븐숭이

지금도 물이 그리워
하고 싶어 물에질[●●●]

녹고 싶어서 바당에 내리겠나 눈이

● ‘기분좋아져’ ‘기뻐서’의 제주어.

●● ‘돌고래들’의 제주어.

●●● ‘물질’의 제주어.

일곱 살 되던 해였어요. 어머니가 바닷가에 거름 주우러 갔다가 엄청 큰 고기를 발견해서 아버지하고 동네분들이 지고 와서 가마솥에 끓였어요. 동네 여덟 집 사람들이 맛있게 나눠먹은 기억이 나요. 그러고 사흘 뒤에 4.3사건이 났거든. 지금 생각하면 그게 숭시•였던 것 같아. 엄청나게 크고 검은 게 듬북••에 막 엉켜서 왔거든. 4.3으로 식구 7명 중 4명이 죽었어요. 그날 군인들이 우리를 끌어내 북촌초등학교로 다 데리고 갔어. 아버지랑 동네 젊은 남자들은 운동장에서 바로 총살시켜버리고 엄마랑 우리는 당팟•••으로 끌고 갔는데, 엄마가 우리 네 형제를 치마 속에 다 안았어요. 그 덕에 오빠는 총을 한 군데도 안 맞고 살아났고, 나는 등에 한 발 맞고 기절했다가 깨어났지. 그 자리가 평생 아파요. 그때 눈밭에 맨발로 끌려다녀서 지금도 한라산에 첫눈만 왔다 하면 벌써 발이 시려 살지를 못해. 거기서 엄마랑 작은언니도 죽고 동생은 총을 일곱 발이나 맞고도 목숨은 건졌는데, 결국 석 달 뒤에 갔지 뭐. 큰언니는 끌려갈 때 할머니랑 같이 있었는데 총살당하고. 우리 언니 너무 이뻤어. 지금도 다른 건 생각 안 나도 언니 얼굴은 바로 앞에 있는 것처럼 선해요. 열여덟이었으니까 제일 예쁠 때잖아요. 아버지, 어머니 그날 다 돌아가시고 나니 처음엔 큰어머니가 거둬주셨는데, 큰어머니네도 먹고살기 힘드니 오빠는 고아원으로 가고 나는 남의 집 일을 도우며 연명했어요. 어린 나이에 밭일, 해녀일 닥치는 대로 했어요.

• '흉사'의 제주어.

•• 거름용 해초를 뜻하는 제주어.

••• 당집이 있던 자리.

열두 살부터 해녀일을 했는데 열여덟 살 때는 원정 물질도 갔지. 거제도고 어디고 별 데 다 다녔어요. 배에서 〈기러기 아빠〉랑 〈여자의 일생〉 같은 노래 불렀던 기억이 나. 그때는 물소중이를 만들어서 입고 했지. 추우니까 옷 다섯 벌은 만들어야 해. 4월에도 미역 따느라 물에 들어가면 한 망사리 하지도 못하고 금방 올라와야 해요. 올라오면 불턱에서 불 쬐고 또 갈아입고 들어가야 하고. 그런데 고무옷• 나오니 좋기만 해. 뜨시니까. 비 오려고 하면 4.3 때 총 맞은 자리랑 여기저기 너무 아파요. 그래도 물 들어갈 때만은 편해요. 수압 때문에 통증을 덜 느끼니까. 물질하다보면 어떤 때는 돌고래들이 배 옆으로 막 따라와요. "물알로 물알로 배알로 배알로••" 그러면 싹 내려가고, "높이 떠라 배 좀 보게" 하면 쭐락쭐락 뛰는데 신기하죠. 발목 다치고 나서 이제는 물질도 못하지만 물이 그리워. 바다에 가고 싶어.

"그래도 좋았던 기억은 뭐예요? 인생에 행복했던 기억 하나는 있지 않나요."
"그런 건 어서(없어). 그냥 슬프고 외롭고 그런 것만 이서(있어)." _**윤옥화**(1942년생)

• '잠수복'의 제주어.

•• '물 아래로, 배 아래로'의 제주어.

# 김두연의
# 망주석

"아버지나 형 사진 하나라도 있으면 좋으련만.
꿈에 한번 나왔으면 하는 게 소원이에요."

무덤을 지키는 망주석 2기.
그중 하나는 4.3 당시 토벌대가
무장대로 오인해 쏜 총격으로 훼손되었으며,
녹슨 총탄이 박혀 있다.

## 화인

그들은 사람으로 보였다

산사람*으로
산 사람으로

인간을 대신해 총탄 맞은 망주석
돌에 박힌 종족의 광기

폭낭** 위로 붉은 달이 떴다

아버지는 죽창에
형님은 총탄에 잃었으니
어느 쪽에 물어야 합니까
어느 곳에 울어야 합니까

그들을 사람으로 보았다

어디서부터가 사람입니까
어디까지입니까
사람은

불을 삼킨 검은 돌만
무덤을 지킨다

그 밤의 눈먼 총성을 물고서

• 무장대.

•• '팽나무'의 제주어.

⁙

제주4.3평화공원 입구에 망주석이 있는데 총알이 박혀 있어요. 저희가 제주4.3평화재단에 기증한 거거든요. 제주대병원 좀 지나면 산천단이란 데가 있는데, 거기 묘가 있었습니다. 그 묘를 지키던 망주석이 1미터 50센티 정도 되거든요. 4.3 당시 중산간 초토화작전이 이루어질 때 사람들이 소나무밭이나 산담• 같은 데 숨어 살았잖아요. 밤이라 이게 사람인 줄 알고 총을 쏜 거지.

4.3 유해발굴사업으로 동굴답사반에 의해서 37년 만에 아버님 시신이 발견됐는데, 그때 유해를 수습해 가족묘로 이전했어요. 그러면서 4.3평화공원에 이걸 기증했지요. 총 맞은 망주석이 얼마나 상징적입니까. 제주 돌이 세잖아요. 근데 그 돌이 쪼개졌어요. 망주석 두 기 중 하나에는 녹슨 총알도 보입니다.

• 무덤 주위를 둘러 쌓은 돌담.

네 살 때였어요. 1948년 음력 12월, 우리 5형제 중 결혼한 맏형이 그때 스무 살 정도였는데, 밤에는 들어오고 낮에는 숨어 살고 그랬어요. 아버지가 마을의 유지여서, 한 사람이라도 잡히면 전가족이 몰살되는 상황이었죠. 지금 함덕해수욕장 주차장 자리에 군부대가 들어왔어요. 경찰도 상주하고. 초등학교 운동장에 사람들을 세워놓고 자수시키니까 어머니 말씀으로는 일곱 사람 중에 한 사람이 튀었다고 해요. 그게 형이었어요. 도망가다 운좋으면 사는 건데, 골짜기에서 튀어나온 순간 그 현장에서 바로 죽임을 당했어요. 형을 자수시킨 아버지가 그 광경을 보셨으니 어떻겠어요. 아버지는 이듬해 교래리 쪽에 토벌작전을 갔다가 돌아오는 길에 산사람에게 붙잡혔어요. 네 명은 총살당하고 한 명만 살아 돌아왔어요.

그런 식으로 형은 토벌대에 의해서, 아버지는 산사람에 의해서 희생된 거예요. '빨갱이 새끼' '폭도'라는 말을 들을 때 정말 힘들었습니다. 그러니 4.3이라 하면 말도 못하고, 겁이 나서 4.3 관련 유품도 다 태워버리고 없어요. 아버지나 형 사진 하나라도 있으면 좋으련만. 꿈에 한번 나왔으면 하는 게 소원이에요. 엄마나 작은형에게는 나타났는데 내 꿈에는 한 번도 안 오시는 거예요. 몇 번을 울었습니다. _**김두연**(1945년생)

# 오국만
# 부모님의 궤

"일곱 살 동생을 업고서 한 일주일 울었습니다.
울면서 생각했죠. 내가 이 동생들의 가장으로서 뭘 해야 하는가……
배고픔을 해결하는 게 우선이었어요."

## 생일

나무에 적은 숫자들
햇살 아래 몸을 말린다

아버지는 궤 안쪽에 오남매 생일을 적어두었다
궤 속에 남긴 무명 한 필로
부모님 시신을 묶었다

묻지 못해도
묻지 못하고
눈물조차 죄되어

제 울음을 먹고 크는 아이들이 있었다

재 한 줌 남지 않은 터
냉돌 위에 서니 늦봄
불탄 흙을 떠다 피밭에 뿌렸다

제상을 차리기 위해 살아온 날들

아버지 적어두신 생일에
형님들의 제사를 모셨다

생일이 기일 된 사람들의 땅

불로초 경첩마다 녹이 슬어
옛적의 필체를 햇살이 어루만진다

⁘

4.3 당시 열일곱 살이었어요. 가시리로 토벌대가 들이닥쳤습니다. 표선초등학교로 소개령이 내려져서 며칠 뒤 부모님과 저와 두 동생은 표선으로 내려갔어요. 아버지가 이 궤를 챙겨서 지고 갔는데 안에 부모님 옷이랑 명주 한 필이 있더라고요. 궤는 어머니가 결혼할 때 해오신 거니 100년은 됐죠. 가정을 꾸리고 있던 형님 세 분은 산으로 피했는데, 그때 영영 헤어졌습니다. 나중에 들은 바로는 한 분은 제주에서, 다른 두 분은 육지 형무소에서 행방불명됐다 합니다.

표선초등학교에 수용돼 수용자 명단을 작성하는데, 열다섯 살 아래와 젖먹이 엄마는 옆으로 나오라고 하더군요. 그때 아버지가 제 나이를 열네 살로 올렸어요. 제가 키도 작고 하니까 그래서 살았지 열일곱 살 그대로 올렸으면 죽었을 거예요. 동갑인 제 친구들은 죽었으니. 그렇게 끌려나간 사람들은 근처 밭에서 총살당한 거죠. 그다음날 관련된 자들이 있으면 밭에 가서 시신을 처리하라고 하더라고요. 저희 중부님이 가서 아버지 어머니 시신을 흙으로 대충 덮어뒀다가 다음해인 1949년에 달구지를 빌려서 부모님 시신을 이쪽으로 모셨어요. 시신을 수습할 때 보니까 아버지가 입고 있던 두루마기 고름에 곰방대를 묶어서 주머니에 넣어놓으셨더라고요. 훗날 이걸 표식으로 자신을 찾으라는 뜻으로 그렇게 하시지 않았나 싶어요. 그날 76명이 한꺼번에 학살됐어요. 부모님 다 돌아가시고 저와 열다섯 살 난 누이동생, 일곱 살 동생 이렇게 3남매만 남은 거예요.

일곱 살 동생을 업고서 한 일주일 울었습니다. 울면서 생각했죠. 내가 이 동생들의 가장으로서 뭘 해야 하는가…… 배고픔을 해결하는 게 우선이었어요. 굶어죽게 할 수 없다는 책임감 하나로 살다보니, 동생들 키우고 결혼도 시키고 아버지 역할을 했죠.

얼마 전까지만 해도 4.3 당시 아버지 어머니가 돌아가셨다는 말을 못 하고 살았습니다. 신상에 해로우니까. 형님 세 분이 산으로 피했기 때문에 '도피자 가족'이란 누명을 쓰고 빨갱이 새끼니 폭도 새끼니, 사람 취급을 받지 못했으니까요. 그나마 어디 가서도 죄의식을 안 갖고 당당히 말할 수 있게 된 건 김대중 대통령 이후 노무현 대통령이 공식 사과한 후부터죠. 이젠 이런 말이라도 할 수 있으니 얼마나 좋아요. _**오국만**(1933년생)

# 강숙자
# 어머니의 은반지

"꿈에라도 한번 얼굴 보여주셨으면 하고 얼마나 소원했는지,
어느 날 꿈에 버스를 탔는데 앞자리에
얼굴이 길쭉하니 곱고 키도 크고 훤한 사람이 앉아 있는 거예요."

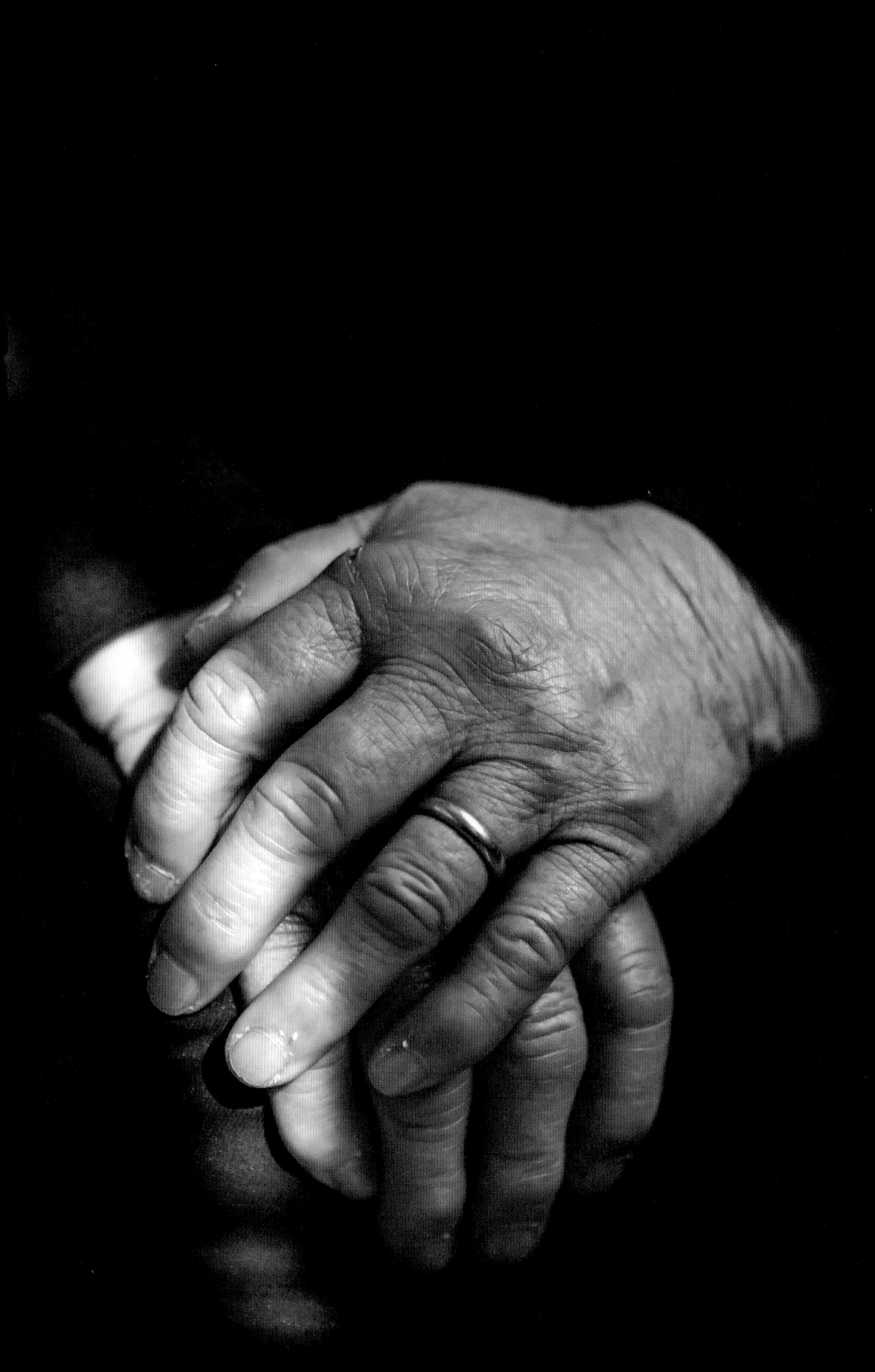

## 냉이꽃

젖비린내 받아 돌아선 등 뒤로

총소리

총소리,

기억 하나 없이도
보고 싶어지는 사람이
엄마라는 것
숙자는 커갈수록 알았습니다

얼굴 한 번만 보여주시민
꿈에라도 볼 수 어신가

한날은 버스였는데
얼굴이 소랑하니* 곱닥허고**
헌헌한 사람이었는데
내리는 순간 숙자는 깨달았습니다

* '길쭉하니'의 제주어.
** '곱다랗고'의 제주어.

단 한 번 본 적 없어도
한눈에 알아지는 사람
엄마
엄마,
처음으로 불러볼 때
버스는 떠나고
어매, 가네 내 어머니 가지 맙서
울며 깨었습니다

무덤 열었을 때
똑 그 얼굴이었습니다
이게 엄마다 꿈에서 보여준
얼굴만은 상하지 않고 해영한•

어머니 가슴께 냉이꽃 은은한 빛
맞춘 것처럼 숙자의 약지에 꼭 들어맞았습니다

• '하얀'의 제주어.

⁙

어머니가 서른네 살까지 자식이 없다가 늦게 저를 낳았어요. 돌 지날 때까지 땅에도 한 번 안 내려놓고 품에서만 키웠다 하더라고요. 우리 아버지는 학교 선생님이던 외삼촌을 피신시키러 산에 데려다주고 오다가 행방불명이 됐어요. 그것 때문에 우리 어머니도 나를 업은 채 터진목이란 데 끌려갔는데, 총살당하기 직전에 나를 확 숨겼어요. 세루* 치마, 세루저고리를 벗어서 덮어씌우고 먹자주색 긴 목도리를 둘둘 둘러서. 하필 살려고 그랬는지 성산포 면사무소 다니다 퇴근하는 이웃을 어떻게 만나서, '이 아이를 우리 형님한테 데려다주라' 했대요. 그렇게 살아나서 열다섯 살까지 이모를 엄마인 줄 알고 큰 거예요.

두 살에 그렇게 애껴주던 어머니 아버지 다 잃고 젖도 끊기고, 좁쌀죽이나마 먹여도 설사만 하고 똑 죽게 생긴 거라. 그래서 이모가 신양리 큰무당을 불렀어요. 그 심방** 이 '애 그냥은 못 살립니다. 이애 엄마가 입었던 옷 있으면 그거 입고 살려보겠다'고 하더래요. 그래서 그 세루치마저고리 내줘서 입고 막 빌었대. 그뒤로 내가 조금씩 먹기도 하면서 살아났다고 이모가 훗날에도 그 얘길 자주 들려줬어요. 목도리는, 한 열두 살쯤 됐나. 사촌언니가 그 목도리를 풀어서 스웨터를 두 개 짰어. 나 하나 입고 사촌언니 하나 입고. 그게 어머니 건지도 모르고, 떠주니 그저 좋기만 했지. 몇 년 입다 없어졌어. 그렇게 어머니 옷이랑 목도리 다 잃어버리고 말았어요.

* 서지serge. 모직 옷감의 일종.

** '무당'의 제주어.

날 낳아준 엄마가 따로 있다는 걸 알고 나서, 엄마가 너무 보고 싶었어요. 꿈에라도 한번 얼굴 보여주셨으면 하고 얼마나 소원했는지, 어느 날 꿈에 버스를 탔는데 앞자리에 얼굴이 길쭉하니 곱고 키도 크고 훤한 사람이 앉아 있는 거예요. 내릴 때가 돼서 내리는데 그 순간 '아, 어머니구나!' 하고 알겠더라고요. 그래서 "엄마!" 하고 부르는 순간 버스는 떠나고 꿈에서 깼어요. 그게 선몽•이더라고요. 그뒤로 어머니 묘를 이장하느라고 무덤을 열었는데, 꿈에서 본 딱 그 얼굴이에요. 다른 데는 다 상했는데 얼굴만은 하나도 상하지 않고 하얬어요. 아, 그 꿈에서 어머니가 나한테 얼굴이라도 보여주려고 그랬구나 싶더라고요.

근데 그 무덤에서 이 은반지가 나왔어요. 희한하게도 어머니 끼시던 게 내 손가락에 맞춘 듯이 꼭 들어맞더라고요. 그뒤로 이것만 낍니다. 제가 몇 번을 죽을 고비를 맞았는데도 그때마다 살아나고 또 살아나고 하는 거 보니 아, 어머니가 어디선가 나를 보면서 지켜주고 있구나 싶어요. _**강숙자**(1947년생)

• '현몽'의 제주어.

# 임애덕
# 아버지의 그림

“수년간 4.3을 그리는 아버지를 지켜보면서 저도 4.3에 대해 알게 되고,
함께 통곡했습니다.”

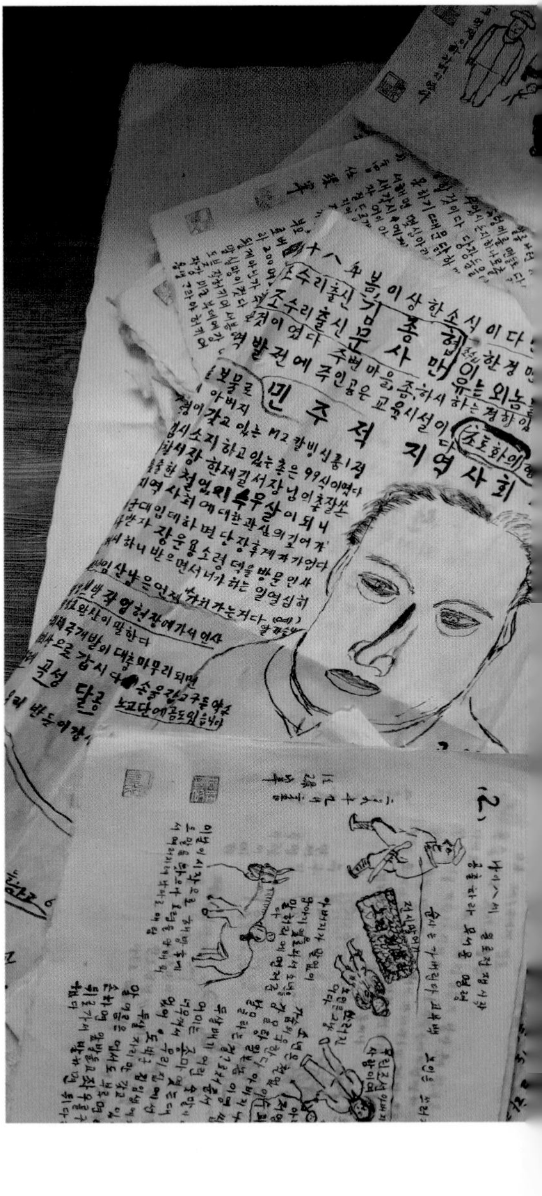
민 주 적 지 역 사 회

4.3 당시의 상처를 그린 '통한의 밤' 연작을 시작으로,
말년의 아버지가 글과 그림으로 토하듯 쏟아낸 현대사의 아픈 장면들.
(자료 제공: 임애덕)

# 소로기[*] 되어

…구슈게이호…비행기가 높…구슈게이호…뜨거운 탱크 소리…04부대…쏘지 맙서…대나무창을…어떵허여도…99식 격발…살려야 된다…탕! 탕!…도망가야 한…탕탕탕!…집결! 집결!…○○○ 일어서!…호명은 황천길…오늘밤은 어딜 강 사러나고 어느 무덤에 강 잠을 자코…봉화불이 번쩍하…막 무서운 사람들 온댄 허영게…소녀들도 보초를…발소리가…토벌대장…우리집 함석문을…칼빈…쏜다…아버지를 향해…모두가 맨발로…타오른다…묘 위에 기관총을…초가을달이 높피 떴…군화를 신은 채…나는 총만 바라보…사람…처형…아주 어두운 밤이었…애기야 아이고야 서러운 아기야…수류탄 터지는 소ㄹ…잘 고방 살암시라[**]…비틀거리…개…몽둥이로…잿더미 위…얼굴이 뒤틀려버려…아아…도망하는 사람…죽음의 대기실을 향하여 묵묵히…행렬들…날 살려주어 하는 노인…불속으로…타버린 담장에 기대…나에게 총…베개와 나란히 놓고…만주 벌판 가서 회오리바람 타고 싶…어린 소년은…발이 아파…

* '솔개'의 제주어.

** '잘 숨고 살아 있어라'의 제주어.

드글거리는 이야기를 품고
고방 살암시라
똥소로기처럼 날고 싶었던
목동

토해낸 그림들 속에
검으나 이 땅 한 세기가
울고 있다

이 세상 같은 것 이제
잊고 싶다는 듯
사람의 말을 잃고
소로기 되어 날아갔네

기억의 지층 쌓아두고

서러운 깃털 하나
가붓이

※

아버지는 일평생 농민운동에 헌신하면서 과수원과 농사일로 바쁘셨던 분인데, 10년 전쯤 알 수 없는 슬픔으로 우울해하시면서 저한테 이야기를 들어달라고 하시더라고요. 그런데 제가 그때 너무 바빴어요. 그래서 "슬픈 기억을 그림으로 그려놓으시면 제가 다녀와서 볼게요" 그러고 나중에 봤는데 깜짝 놀랐죠. 처음 그리신 게 일제강점기 때 일본 순검에게 목검으로 매맞는 조선 노인을 그린 그림인데, 펜을 안 떼고 한 번에 그냥 그리셨어요. '아, 중요한 걸 놓치겠다' 싶어서 그림을 그리시도록 유도했죠. 그때가 75세이셨는데 처음 그렇게 그리기 시작해서 6년 동안 통곡하듯이, 쏟아내듯이 그리셨어요. 그러다 2014년부터는 병상에 누워 아무 말씀도 기억도 못하시고, 유일하게 "아멘! 아멘!"만 하셨습니다.

초토화 작전 뒤에 소위 '빨갱이' 잡는 걸 그린 그림이 있는데 말이 '노루사냥'이지 사실은 노루사냥 다니면서 공산당 색출 작업을 했던 거거든요. 청소년이었던 아버지에게는 4.3이 큰 충격으로 다가왔던 것 같아요. 해방 이후의 기억에 대해선 4.3만 그리셨어요. 제가 1970년대, 1980년대까지 그리시라고 제안했지만 아버지는 4.3에 머물러 진도를 빼지 못하셨죠. 수년간 4.3을 그리는 아버지를 지켜보면서 저도 4.3에 대해 알게 되고, 함께 통곡했습니다. 그림 그리실 때 아버지 표정이 바뀌고 엄청 몰두하시는데, 무척 울었어요. 그림 그리시면서 마음속에서 치유가 많이 됐을 거라고 생각합니다. _**임애덕**(1962년생)

"엊그제 떠난 아버지 소식을 들을 길 없다. (…) 걱정이 꼬리를 문다. 아버지도 걱정이지만 조수리 이모님 댁에 피난 보낸 동생 혁재와 정자 소식을 들을 길 없다. (…) 어머니는 마루에 앉자 헛소리를 하고 있었다. 일어나서 낭간•에 한 발자국 놓는 순간 놀랐다. 외할아버지가 낭간 밑 흙바닥에 납작 엎드려 대성통곡하고 있던 것이었다. 아버지도 몰라보고 미쳐버린 딸. 할아버지는 얼마나 가슴이……" **_임경재씨가 그림 옆에 써놓은 글**

• 제주 초가에서 건물 전면의 툇마루에 해당하는 공간.

# 강방자의 아버지 사진

"'앞으로 분명히 여성의 시대가 옵니다.
내년에 민자, 방자를 꼭 학교에 보내주십시오.'
그런 편지가 왔다고 큰아버지가 막 우는 거예요."

아버지의 유일한 초상 사진.
외출할 때나 돌아왔을 때 강방자씨는 이 사진을 보며 아버지에게 마음속 인사를 건넨다.

# 한 줌

발자국이라도 포개어볼 수 있을까요

뼈라도 찾아질까 헤매 돌다
형무소 터 가로수흙만 한 줌 담아 왔습니다
한 줌을 쥐고 앉아
백년을 울었습니다

할머니 손잡고 면회 간 날
아버지 소매 속에서 꺼내주던 한 줌
꼬깃꼬깃 봉지에 감추어둔
노릿노릿 볶은 곤쌀* 한 줌

소주처럼 차고 맑은 슬픔 고인
그 눈 마지막이었습니다

백 냥짜리 딸 백 냥짜리 내 딸
분명히 온단다 딸들의 시대
흙이라도 묻을까 품에서만 키웠다지요

* '흰쌀'의 제주어.

우련한 한 줌 기억뿐
아스라한  얼굴 영영 떠오르지 않더니
막내아들 꼭 외할아버지 닮습디다

노루같이도 순한
사진 속 큰 눈을 꼭 닮았습디다

⁘

'곱은다리'라고 대흘2리에 살았는데 소개령이 내렸어요. 그때 막 업어달라고 하면서 내려오던 게 기억나요. 여섯 살이지만 제가 잘 먹지를 못해서 몸이 가늘고 작았거든요. 그때는 제주도 전체가 불바다였어요. 함덕에 내려와도 맨날 총소리가 들렸습니다. 아버지는 젊으니까 그냥 끌려간 거고요. 아버지가 함덕초등학교에 갇혀 있을 때 할머니 손잡고 면회를 갔는데, 볶은 곤쌀을 봉지에 넣어 접어서 주시더라고요. 간식으로 나온 걸 우리 딸 오면 준다고 안 먹고 있다가. 자식복 없는 우리 어머니, 아홉 낳아서 겨우 나 혼자 살렸답니다. 얼마나 이뻐했겠어요. 그게 마지막이었습니다. 주정공장으로 끌려갔다가 또 거기서 일부는 바닷물에 수장시키고 남은 사람들은 배로 목포에서 서울까지 데려갔다고 해요. 마포형무소에 갇혀 있었는데 6.25 터지면서 행방불명이 된 거예요.

전부 죽었어요. 그다음해에는 큰아버지 내외, 새어머니와 남동생까지. 큰어머니는 머리가 잘린 채 동굴에서 발견되고, 남동생을 업고 달아나던 새어머니는 토벌대의 총에 맞아 죽었습니다. 생후 8개월이던 동생은 죽은 엄마 젖을 빨다가 추운 산속에서 갔습니다. 지금 4.3평화공원에 가보면 '강윤식의 자'라고 돼 있는데 그게 동생이에요. 이름도 못 받아보고……

하루는 마당에서 따뜻한 햇살을 받으며 혼자 노는데 집배원 할아버지가 엽서를 주고 갔어요. 그걸 받아 읽던 큰아버지 큰 눈에 눈물이 줄줄 흐르는 거예요. "형님, 여성도 배워야 삽니다. 앞으로 분명히 여성의 시대가 옵니다. 내년에 민자, 방자를 꼭 학교에 보내주십시오." 그런 편지가 왔다고 큰아버지가 막 우는 거예요. 그래서 이듬해 할아버지가 흰 두루마기 입고 민자 언니(사촌)랑 내 손을 양손에 잡고 입학시키러 가던 날 생각이 나요. 그나마 아버지 덕에 초등학교라도 나온 겁니다. 그후로 큰아버지 큰어머니도 돌아가시고, 작은엄마와 갓난쟁이도 죽고 아버지는 행방불명돼 난리통에 어드레 어느 쪽으로 간 건지…… 아버지 뼈 한 조각이라도 찾을까 전국 형무소를 떠돌아다녔지만 못 찾았습니다. 아버지 얼굴도 기억 안 나지만 이 사진 보면 '아, 아버지구나. 큰 눈이 닮았구나' 합니다. 우리 막내아들도 외탁을 해서 외할아버지를 꼭 닮았습니다. _**강방자**(1943년생)

# 양성보의 맷돌

“동네 사람 중매로 스물두 살에 결혼하고 서울 한남동에 살림을 차렸는데,
구멍가게, 고무신 장사, 수돗물 장사 안 해본 장사 없이
고생이란 고생은 다 하고 살았어요.”

## 푸른 맷돌의 기억

돌아왔을 때
땅 위의 것은 다 불살라지고
너는 스무 살

조 베어낸 남의 밭
몰래 들어 뿌리를 캐던
그녀는 열세 살

유월 잎사귀 같던 두 사람
가락지 서로 끼워주던 날
때도 아닌데 어디서
비파꽃 향기가 났지

설운 세월 어떻 살아
돌아와 무화과나무를 심으며
말했지 너는
참 아리송해
체제라는 게

멀어가는 남편의 귀에 아내는
말을 넣어준다
맷돌에 밀을 넣듯
무화과 푸른 그늘 아래서

무서운 시절
무거운 바퀴 함께 굴려온
맷돌 한 쌍

⁙

여섯 살 때 일본에 갔다가 해방되고 나서 제주에 들어왔죠. 해방되니까 미군정에서 '세간 중에서 가져갈 거 있으면 가져가도 좋다' 그러더라고요. 뭐 가져올 만한 게 있어야지. 대장간에서 쇠 불릴 때 쓰는 모르쇠*랑 일본 맷돌 한 짝을 이불로 싸서 짊어지고 들어왔어요. 죽을힘을 다해 가져온 거예요, 그때가 열여덟 살 한창때였으니까. 4.3 때 다른 건 다 타버리고 맷돌만 남은 거죠. 4.3은 딱 스무 살 때 당했는데, 날짜도 기억해요. 4월 29일. 백부댁으로 가고 있는데 경찰이 나를 산사람으로 오인해서 총을 쏘기 시작해요. 도망가는데 총알이 밭담에 맞아 그 파편이 막 튀더라고. 4월이라 더울 때도 아닌데 땀이 나고 100미터도 못 가서 숨이 차요. 파편인 줄 알았는데 총알, 땀이 아니라 피였던 거지. 밭담에 기대앉아 있으니 순경들이 와서 무차별로 구타를 하고 구둣발로 짓이겼어요. 빨갱이라고. 당시 내 백부가 5.10 선거관리위원장이었거든요. 백부 이름을 대니까 태도가 달라져요. 그 덕에 살아났죠. 도립병원에서 치료하고 바로 서울로 갔어요. 빨갱이 딱지와 등쌀에 여기선 살 수가 없으니까.

_**양성보**(1932년생)

* '모루'의 제주어.

애월면 광령리에 살았는데, 막 불붙이니 도망간 거라. 콩밭에 콩꼬질•이랑 콩대 쌓아놓은 그 속에 들어가 숨어 있는데 소리가 막 요란해요. 대왓••에서 쾅! 쾅! 터지는 소리가 나고 얼마나 무서워 떨었는지 몰라. 그다음엔 피난 가라 해서 바닷가로 갔는데 불 땔 게 있어 뭐가 있어, 다 태워버렸으니. 남의 조밭에서 몰래 뿌리 흙 털어 말려서 불 때고 미역 같은 거나 따다 먹고. 먹을 거 없으니 식구들 다 뿔뿔이 흩어져서 애기 봐주고 밥 얻어먹고 뭐 해서 또 얻어먹고 겨우겨우 살았지.

시대를 잘못 만나서 우린 그렇게 험한 세상을 살았다고, 험한 세상을. 동네 사람 중매로 스물두 살에 결혼하고 서울 한남동에 살림을 차렸는데, 구멍가게, 고무신 장사, 수돗물 장사 안 해본 장사 없이 고생이란 고생은 다 하고 살았어요. 그래도 둘이 같이 노력해서 4남매 낳고 대학 보내고, 20년 만에 제주도로 내려왔죠. 남편이 나를 많이 생각해줘요. 남들이 우리더러 재밌게 산대. 모범부부라고. 2018년에 결혼 60주년이었어요. _**고경운**(1937년생)

• '콩깍지'의 제주어.

•• '대밭'의 제주어.

# 조인숙의 혼례복

"'자유가 아니거든 죽음을 달라' 그 노래를 했어요.
근데 그 노래 부른 사람은 다 죽여버렸어. 자유롭게 노래도 못 불렀지."

“노래가
죄
되지
않는
세상”

결혼할 때 입었던 양단 저고리에 명주 치마, 공단 덧저고리.
부산 방직공장에 다닐 때 옷감을 사서 지은 한복인데 아직도 그날처럼 곱다.
(자료 제공: 임애덕)

## 수희壽喜

무슨 말인가 속삭이는 듯
보드란 한복 위
어룽어룽 햇빛은

꽃 같아라 아가 복되거라 새아가
무자년 그해 무서운 기억일랑 지우고
왓샤 왓샤 뛰어라
너의 시대는 환한 세상

노래가 죄 되지 않는 세상

아직도 그날처럼 곱다
미색米色 양단 저고리 명주 치마
첫 예복 위에 잔잔 꽃무늬

壽라는 축원
喜라는 기도
오래된 평화의 노래

어허양 어허요
시절아 약속해라
기쁨 어린 노래의 새날
생이파리로 져버리고

⁙

초등학교 5학년이니까 열세 살, 영문도 모를 때인데, 4.3 때 우리집에서만 6명인가 죽었어. 우리 큰아버지와 우리 할아버지 형님, 우리 아버지의 삼촌들, 그 아들……

조수리에 살았어요. 어느 날 학교를 갔는데 선생님이 "자유가 아니거든 죽음을 달라" 그 노래를 했어요. 근데 그 노래 부른 사람은 다 죽여버렸어. 자유롭게 노래도 못 불렀지. 그해 음력 10월, 동네 사람 다 학교 운동장으로 모이라는 거야. 나는 학교를 빠진 적이 없고 개근상도 받았는데, 그날은 무슨 이상한 예감이 있었는지 학교에 안 갔어요. 뭔가 뒤숭숭한 느낌이 있어서 집에서 왔다 갔다 서성대는데 어디서 안 들어본 소리가 나더라고. "팡, 팡, 팡, 팡, 팡, 팡!" 총소리가 막 나는 거라. 12시가 넘었는데. "아이고, 저건 무신 소린고!" 했지. 조금 이따 사람들이 해산해서 돌아와 하는 소리를 들으니 7명을 죽여버렸대. 앞으로 나오라고 해서 총으로 쏴버렸대. 그날이 음력 10월 21일인데, 26일에는 우리 큰아버지와 할아버지도 그런 식으로 돌아가셨지.

할아버지와 큰아버지는 마을에서 어른으로 존경받던 분들, 소위 지식인이었는데 지서에 잡혀들어간 거라. 우린 돈으로 해결해보려고 요즘 돈으로 천만 원을 빌렸어요. 우리 아버지는 두루마리 안에 전대를 차고, 어머니는 꿀 10되가 들어간 통을 지고, 큰어머니는 큰아버지 드실 밥을 지고, 삼촌은 할아버지 밥을 지고, 그렇게 넷이 돈 지고, 밥 지고, 꿀 지고 산에 올라갔는데 가보니 엊저녁에 벌써 죽여버렸다는 거야. 그 사람이 말하기를 "서북청년단인가 그런 게 있는데 자기도 그 사람들 밑에 있다. 그 사람들 말을 들어야 나도 산다. 그러니 우리를 나쁘게 보지 말라" 그러더라고요. 돌아오다보니 소나무밭에 시신 일곱 구가 걸려 있어. 옛날엔 바깥에서 죽은 송장은 안으로 들이지를 못하게 했거든. 그냥 밭에 모셔야 했지. _**조인숙**(1936년생)

# 이재후
# 어머니의 다듬잇돌

"밤늦게 잠자는데 다다다다다 다닥다다 다다다다닥
리듬에 맞춰 두드리던 다듬이 소리가 기억나죠.
4.3 이후에는 그 소리도 끊겼어요."

# 청진돌

책상에 엎드리면
잠결 아득히
멀어졌다가 밀려오던
은하수 끌어당기는 소리

잦아들다 살아나곤 하던
그 소리 좋아
읽던 글 가만 멈추었다
달님도 미녕•처럼 흰 빛
마당에 펼쳤다

청진돌이라 불렀다
먼 북쪽 항구에서
아버지가 싣고 온
흰 돌

• '무명'의 제주어.

푸새 먹인 광목에 물 뿜어
주름 다듬던 어멍할멍
돌담 넘어 올레올레 흐르던
푸르게 맑은 소리

다시 듣지 못했다

총소리가 북촌 하늘 찢던 날이었다
덜 설우와사 눈물나주•
어머니 고무신에
아버지의 피가 묻은 날이었다

• "덜 서러워야 눈물도 나지"라는 뜻의 제주어.

⁙

청진돌이라고 불렀어요. 아버지가 배 타고 청진까지 가서 가져온 겁니다, 이게. 화강암으로 만든 거예요. 광목에 풀 먹여서 방망이로 때리면 부들부들해지죠. 밤늦게 잠자는데 다다다다다 다닥다다 다다다다닥 리듬에 맞춰 두드리던 다듬이 소리가 기억나죠. 4.3 이후에는 그 소리도 끊겼어요. 먹고살기도 바빠서 다듬이할 여유도 없었으니까. 4.3 때는 갈중이•가 유행했어요. 아버지에 대한 기억이라면, 4.3 전 초등학교 1학년 운동회 때 우동 사준 것. 천막 쳐놓고 팔던 우동집이 있었는데 그게 제일 기억나요. 항상 바쁘게 사신 분이라 아이들 데리고 어디 놀러도 못 가던 분이었거든요. 그만큼 부지런하게 사셨죠.

그다음해인가 아홉 살 겨울이었어요. 음력 12월 19일, 큰누나는 그전에 동짓달 열하룻날 함덕 서우봉 몬주기알에서 먼저 총살당하고, 할머니 부모님이랑 네 남매가 살았는데, 군인들이 군홧발로 방문을 팍 걷어차면서 총검을 겨누며 들이닥쳤어요. 군인들이 마을에 전부 불을 지르고, 동네 사람들 다 북촌초등학교 운동장에 모이게 해서 그중 20~30명을 끌고 나갔는데 아버지도 그때 희생됐죠. 저는 할머니가 치마폭에 숨겨서 병아리처럼 내다봤어요. 어둑해져서 돌아오는데 골목마다 연기가 자욱해서 앞이 안 보일 정도야. 그냥 감으로 집을 찾아와야 했지. 짐승들 타는 냄새며 쌀독 터지는 소리 팡! 팡! 나고, 기둥이 타서 쓰러지니까 지붕이 내려앉으면서 불길이 확 일어나기도 하고, 그게 다 생생하죠. 눈발은 자작자작한데 할머니가 하늘 올려다보면서 하시던 말씀도 다 기억합니다.

• '갈옷'의 제주어. 감물을 들여 만드는 제주 고유 의복.

"명경 같은 하느님아. 우리가 무슨 죄를 지어수꽈. 말이나 해여줍서. 검은 것이 가메기요, 흰 것이 백로로 알고, 식게 나민 떡반 나눠주고, 우는 애기 이시민 젖 맥여주고, 비 와가민 남의 집 장항 더꺼주고, 이렇게 오손도손 평화롭게 살던 우리안티 이게 무슨 일이우꽈."•

그날 북촌마을 전부가 타고 그나마 안 탄 집이 우리집이랑 두 집밖에 없었어요. 그래서 마을 사람들이 다 우리집에 모여 밥을 해서 나눠먹었어요. 어머니는 나중에 돌아오셨는데 어머니의 손과 입고 있던 갈중이, 그리고 검은 고무신에 피가 묻어 있었어요.

아버지 시신을 확인하고 왔다고, 손만 대강 씻고 부엌으로 들어오며 하셨던 말이 기억나요. "덜 서러워야 눈물도 나지. 먹게, 먹게. 오늘 죽을지, 내일 죽을지 모른다. 한번 배불리 먹자. 그릇에 밥 떠놔라." _**이재후**(1940년생)

• "거울 같은 하느님아, 우리가 무슨 죄를 지었습니까. 말이라도 해주세요. 검은 것이 까마귀요, 흰 것이 백로로 알고, 제사가 있으면 음식 나눠주고, 우는 아기 있으면 젖 물려주고, 비가 오면 이웃집 장독 뚜껑 덮어주고, 이렇게 오손도손 평화롭게 살던 우리에게 이게 무슨 일입니까"의 제주어.

# 조정자
# 아버지의 성경책

"항상 반듯한 분이었습니다.
우리에게 늘 베푸는 삶을 강조하셨고, 주일날은 우리집이 잔칫집 같았어요."

舊約全書 歷代志下 第十章 六百三十七
民對王說、你父親使我們負重軛、求你使我們輕鬆些、王要對他們如此說、我的小拇指比
我父親的腰還粗、我父親使你們負重軛、我必使你們負更重的軛、我父親用鞭子責打你
們、我要用蠍子鞭責打你們。○耶羅波安和眾百姓遵着羅波安王所說、你們第三日再來
見我的那話、第三日他們果然來了。羅波安王用嚴厲的話回覆他們、不用老年人所出的
主意、照着少年人所出的主意對他們說、我父親使你們負重軛、我必使你們負更重的軛、
我父親用鞭子責打你們、我要用蠍子鞭責打你們。王不肯依從百姓、這事乃出於上帝、為
要應驗耶和華藉示羅人亞希雅對尼八兒子耶羅波安所說的話。○以色列眾民見王不
依從他們、就對王說、我們與大衛有甚麼分兒呢、與耶西的兒子並沒有關涉、以色列人哪、
各回各家去罷、大衛家阿、自己顧自己罷、於是以色列眾人都回自己家裏去了。惟獨住在
猶大城邑的以色列人、羅波安仍作他們的王。羅波安王差遣掌管服苦之人的哈多蘭往
以色列人那裏去、以色列人就用石頭打死他、羅波安王急忙上車、逃回耶路撒冷去了。這

舊約全書 歷代志下 第十章
六百三十六

"4. 3 당시
사형선고 내려졌는데
아버지 덕에 살아난 사람
수천 명이에요."

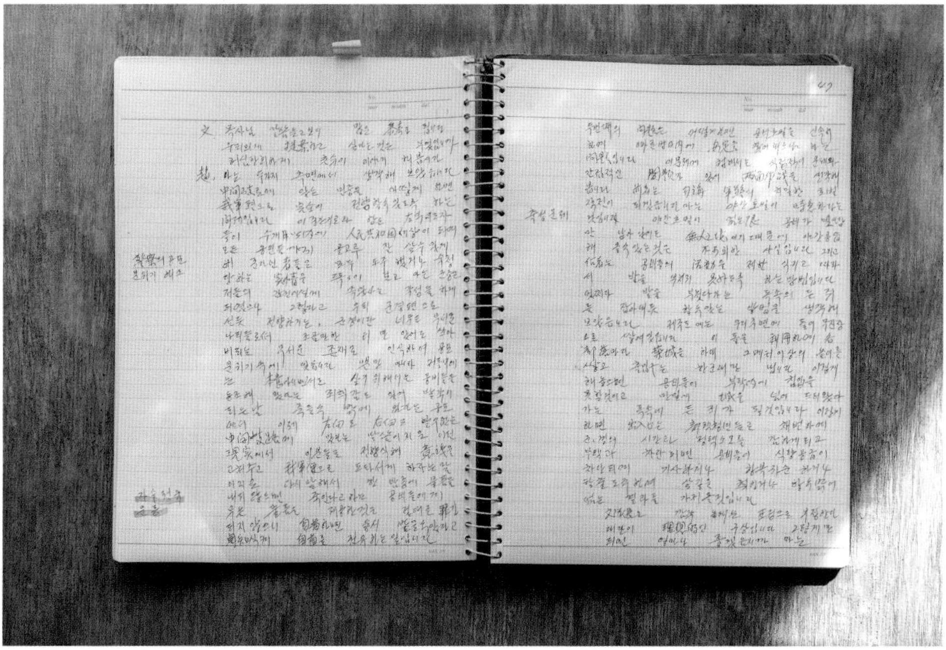

아버지가 4. 3의 경위와 전말을 기록한 육필 원고.

## 아버지의 성서

배고픈 사람에게 쌀을 준 것은 죄가 아니잖아요

당신의 대답은 무엇입니까 엘리
어둠 속에서
말씀을 구하였나이다

긍휼히 여기는 자는 복이 있나니[*]
긍휼은 심판을 이기고 자랑하느니[**]

무쇠보다 강철보다
말씀으로 구하였나이다
사망의 음침한 골짜기에
떠는 양들

의를 위하여 핍박을 받은 자는
복이 있나니[***]
엘리 엘리

우리가 최후로 복무해야 할 것은
생명이나니

• 『신약성경』 마태복음 5장 7절.

•• 『신약성경』 야고보서 2장 13절.

••• 『신약성경』 마태복음 5장 10절.

⁙

아버지가 일본 유학 시절 보시던 중국어 성경 신구약 두 권인데요. “항상 품에 지니고 들고 다니며 어디서든 펴 보아야 하는 게 성경이다” 하신 말씀이 기억납니다. 그리고 설교 준비하려고 성경책 펴놓고 보시던 모습이 떠오르고요.

아버지는 스스로가 법이었어요. 항상 반듯한 분이었습니다. 우리에게 늘 베푸는 삶을 강조하셨고, 주일날은 우리집이 잔칫집 같았어요. 우리는 꽁보리밥 먹으면서도 다른 집 아이들 데려와서 먹이고, 고구마 주워다가 삶아주기도 하고. 밥 못 먹는 애들 집에 우리 손잡고 데려가서는 밥을 갖다주라고 하셔요. 그 집에서 “너 어느 집 딸이냐?” 그러면 그냥 “저기서 왔어요” 하라 그래서 그러고 막 뛰어왔어요. 그렇게 베풀면서도 ‘왼손이 한 일을 오른손이 모르게 하라’ ‘받은 사람 불편하게 돕지 말라’ 가르치셨거든요.

아버지는 열두 남매 중 독자였는데 훈장이었던 할아버지가 아들이 기독교도가 된 것을 용납 못하셨거든요. 집에서 쫓겨나서 모슬포에서 머슴살이도 좀 하시고 오사카에서 공부하고 들어와 조선신학교에 들어가 목회자가 되셨죠. 1947년 모슬포교회에 부임하시고 1년 뒤 4.3을 겪은 건데요. 4.3 당시 사형 선고 내려졌는데 아버지 덕에 살아난 사람 수천 명이에요. 아버지가 '한국의 쉰들러'라고 불리는 이유인데, 당시 독립군 출신이던 문형순 모슬포 경찰서장을 찾아가서 담판을 지으셨다고 해요. "내가 목숨 걸고 주민들을 자수하도록 설득하겠다, 죽이지 마라." 그래서 합의를 받아내고 경비대장이 지켜보는 가운데 강연을 하신 거예요. 그렇게 살려낸 사람이 3천 명이 넘는다고 합니다.

_**조정자**(1956년생)

# 고창선
# 형님의 엽서

"엽서 내용은 식구들 안부 묻고,
'대구형무소에 있다' '건강이 안 좋으니 돈을 조금만 송금해달라' 그런 내용이에요."

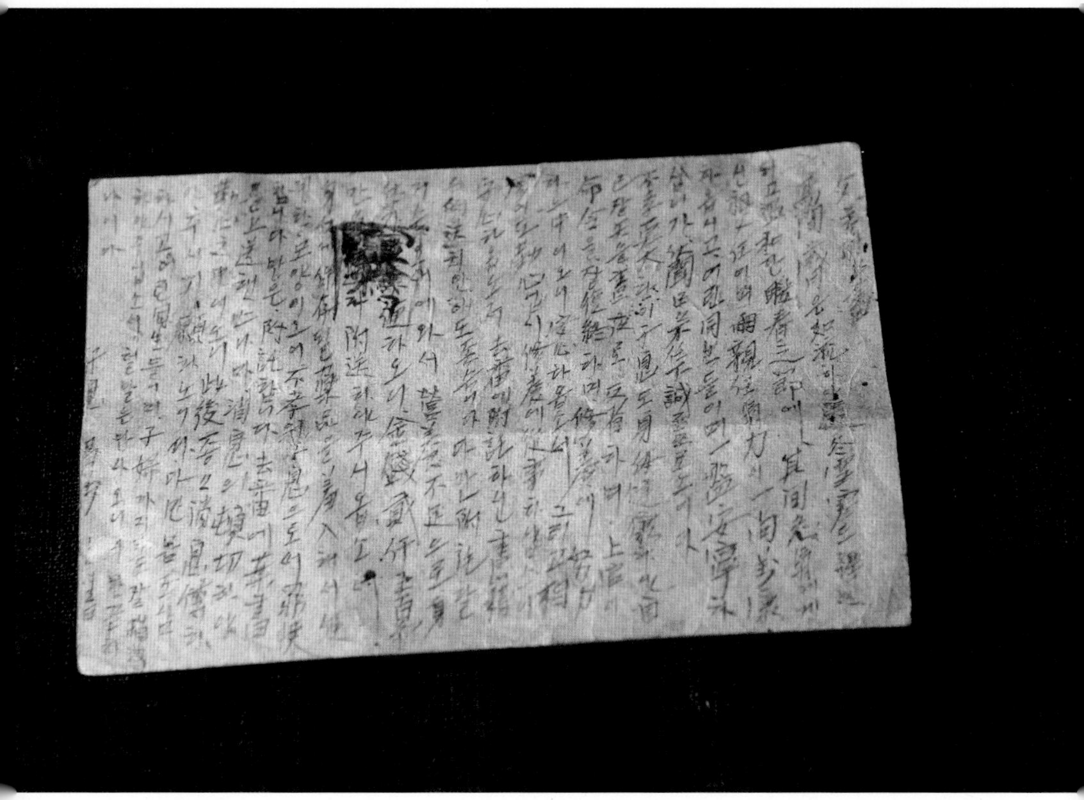

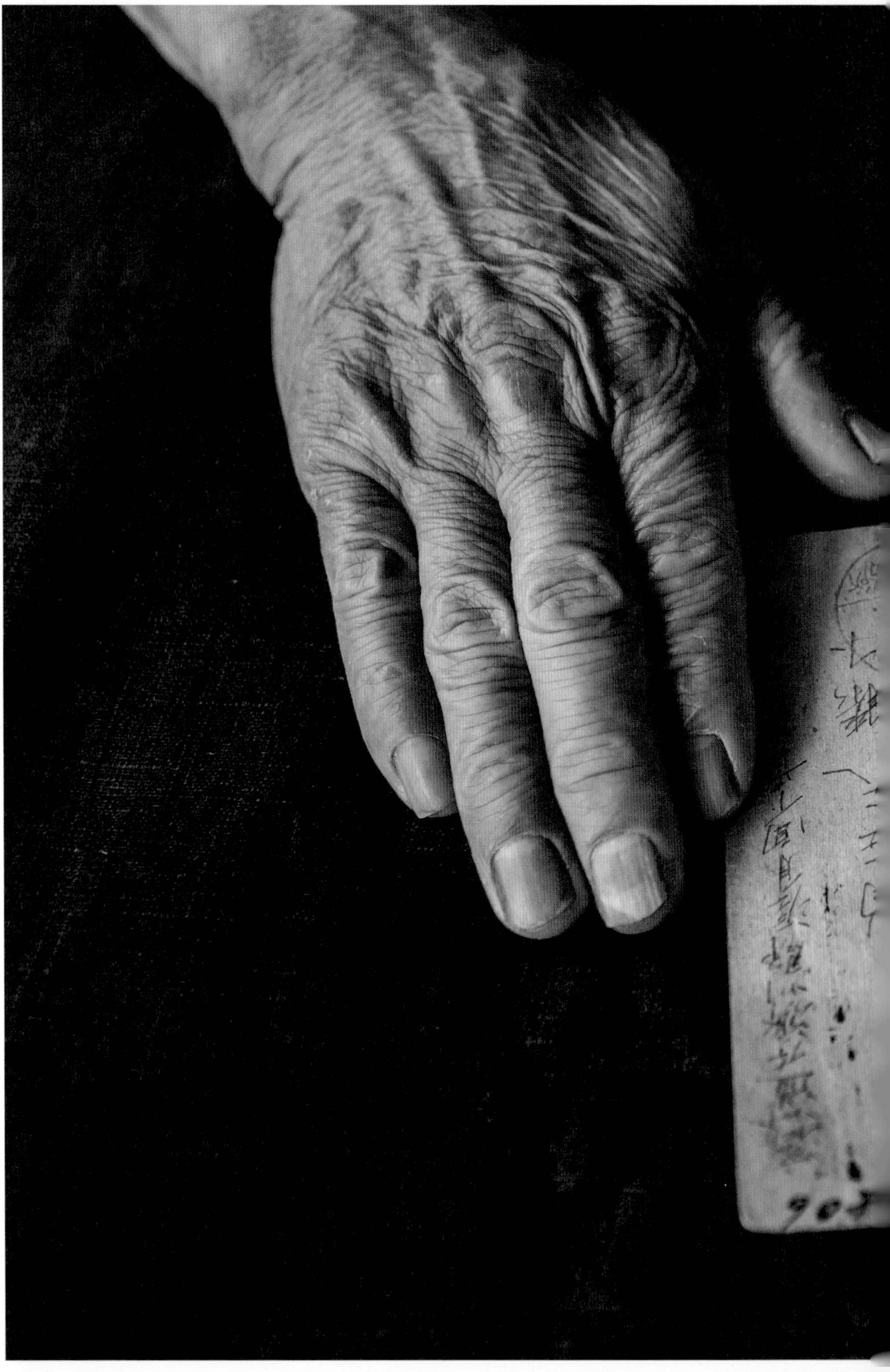

## 할말은 만사오나

"할말은 만사오나 이만 끈치나이다."

해방조선 기념엽서에 적은 몇 줄
유언이 되었다

옹이진 아우의 손만큼 나이 먹은
엽서 한 장

제주도 북제주군 애월면 하귀리 개수동
고재천 귀하

경북 대구 삼덕동 82의 1번지 대구형무소 806번
고창만 상서

유일한 생존증명서였다

할말은 만사오나
할말은 만사오나

사월 헛묘마다

고사리는
고사리는

⁙

1948년 11월부터 외도초등학교에 1개 대대가 주둔했어요. 군인들이 취사용 나무를 해와야 하니 일할 수 있는 사람은 나오라고 소집명령을 내렸는데, 그건 함정이고 젊은 사람들 색출해서 죽이기 위한 거였죠. 아버지가 당신이 간다며 우리보고는 가지 말라고 말렸는데, 그날 아침밥 먹으면서 형님이 가신다고 하더니 나가더라고요. 마을에서 한 50여 명 나갔는데, 오후 되니 돌아온 건 노인네들뿐이고 젊은 사람들은 죽었는지 소식이 없어요. 우리 동네는 우리 형님네가 체포된 후에 매일 군인들이 와서 사람들을 죽였어요. 그냥 이름만 한 번 부르고 '이자들은 내란방조죄로 징역 15년에 처함' 이런 식으로 아무 조사도 없이 아무 근거도 없이 북국민학교 교실에 가둬뒀다가 그 이튿날 배로 그냥 다 실어가고. 그런데 다음해 대구형무소에서 형님 엽서가 온 거예요. 그제서야 '구덩이 파서 죽인 줄 알았는데 그러진 않았구나' 생각했죠.

근데 6.25전쟁이 나고서 또 형님이 행방불명됐어요. 부역을 나갔다가 잔류병이 돼서. 그 자리에 저수지를 만들어버렸다고 해요. 시체조차 찾을 수 없었지요.

형님이 스무 살에 결혼해서 그렇게 되니 형수님이 자식도 없이 돌아가셨는데, 가시고 나서 보니까 이걸 보관해뒀더라고요. 궤 서랍에 형님이 한문으로 쓴 제사 축지방도 있었고요. 엽서 내용은 식구들 안부 묻고, '대구형무소에 있다' '건강이 안 좋으니 돈을 조금만 송금해달라' 그런 내용이에요. 그런데 그때 이미 정신이 온전치 않았던 것인지, 형님이 한자도 충분히 공부했고 공부도 잘한 모범생이었는데 아버지 함자의 한자도 잘못 썼더라고요. _**고창선**(1936년생)

# 김연옥의 사진

“제일 억울한 거는 우리 아버지 어머니 바다에 던져진 거.
바다만 보면 생각나. 그 물에 끌려다니며 몇 번을 죽었겠어.
그래서 내가 멸치고 뭐고 바당고기를 일절 안 먹어.”

## 연옥의 바다

울엄마 내 머리 빗어줄 때면
소로록 잠이 와 목화솜처럼
착한 아이가 되고 싶었주

어디로 가나요
등뒤에서 불은 와랑와랑*
눈밭에 엎어지멍 박아지멍
굴 밖은 온통 해영한 눈세상
큰 신 신은 퍼렁한 옷
누구인가요

어디로 갔나요
어멍아방 할망할아방 오라방동생
여덟 살 나 혼자만 남겨놓고

* 불기운이 세차게 일어나는 모양을 뜻하는 '우럭우럭'의 제주어.

울 아방 등에 업혀 듣던
호오이 휘파람 소리
어허령 어러러러러
말 부르는 소리
이제도 귓가 울리는데
어디로 다 사라졌나요

머리는 칭칭 아프고 귀는 윙윙 에리고
어깨 씩씩 쑤시는 날이면
바다로 나가주

찰락닥 찰락닥 베틀 소리인 듯
바닷물 잘락잘락 들이쳐오민
차가운 물에 던져진 어멍아방
나한테 오는 것 닮앙

나도 그만 바다가 되고 싶었주

⁙

아버지가 올레 들어가는 입구에서 드럼통에다 꿀을 채우고 있었거든요. 마당에선 할머니랑 어머니랑 고모들 다섯 형제들이랑 베틀 걸어가지고 실을 뽑고 있는데 아버지가 뛰어와. "아이고 아버지, 우리 몬딱 죽이래 왐쩐 햄수다. 재게재게[•]……!" 하면서 뒷집에 살던 할아버지한테 외치고, 아랫동네 외할머니네한테도 말하러 막 가더라고. 우리 어멍이나 나나 입던 거 그대로 입고 아무것도 못 챙기고, 어머니는 동생 업고 할머니는 오빠를 잡고 나는 아버지가 업고 고모들이랑 마을 사람들이랑 전부 도망을 갔지. 그때 눈이 너무 많이 와서 젊은 사람들은 그냥 막 몸으로 헤쳐 넘어가면서 산으로만 갔어. 눈에 엎어지고 처박히고 하면서. 우리 동광리나 삼밧구석이나 다 불태워버렸어. 가다가 어디 굴에 들어가 숨었는데 좁으니 앉아서만 살다가 발자국 나서 발각된다 해서 뒷날 아침엔 다른 굴로 갔어. 거기서 두 밤 자고 다음날 또 무조건 웃뜨르로만 걸어간 거여. 원물이라는 데가 있어요. 그리로 퍼런 군용차들이 막 올라가. 우린 응달로, 억새 속으로 막 숨어서 가는데 거기 가만있으라고 누가 팡! 팡! 총을 쐈어. 며칠씩 굶었으니 배고프고 눈에 빠지고 걷다 지치고. 다 멈춰서니까 호루라기를 불면서 아래로 내려오면 다 살려준다 그래. 그 말만 믿고 서귀포 수용소로 내려간 거야.

• "우리 전부 죽이러 왔다고 합니다. 빨리빨리"의 제주어.

그 창고에서 얼마 있으니까 어른들은 다 바깥에 나가 석 줄로 서라고 하더라고. 어머니가 저만치 나가다가 내가 따라나서면서 "어머니 어머니" 부르니까 고개를 돌리고 손드는 거만 봤는데, 눈이 벌게서 어머니 얼굴이 똑바로 안 보여. 그게 마지막이었어. 창고 바깥에 큰 문지방으로 훌쩍 오르면서 "어머니!" 막 외치는데 누가 와서 확 땡겨버렸어. 그 순간 탁 올라서 보니까 퍼런 옷 입은 사람들 다 총 들고 있고 막대기에 칼 꽂은 사람도 있는데, 두 사람이 엎어진 사람들을 지렁지렁 끌고 가 탁 던져버리고, 또 갖다주면 받아서 탁 던지고 그래. 그걸 보면서 내가 막 울어대니까 뒤에서 누가 날 잡아당겨버린 거지. 머릴 부딪혀서 피 흘리는 것도 모르고 정신 잃었다가 깨나서야 선득선득해서 보니 시뻘게. 핏덩어리도 막 나오고. 그때 머리가 이렇게 됐어.

내가 '어머니' 부를 때 어머니는 무슨 생각을 했을까. 그때 왜 내가 같이 못 죽었지, 그 생각 하면 밭에 나가 일하다가도 뭐가 안 보여 그냥 돌아와. 나는 학교 문턱에도 못 가봤지만 밖에 나갈 땐 항상 하얀 칼라에 바지 주름 세워 입고 머리도 양 갈래로 허리까지 단정히 땋고 살았어. '어미 아비 없는 제주도것' 소리 듣기 싫어서. 내가 제일 억울한 거는 우리 아버지 어머니 바다에 던져진 거. 그냥 마른땅에서 죽여버렸으면 낫잖아. 바다만 보면 생각나. 바람 불어 파도치면 머리가 이 돌에도 가 다치고, 저 돌에도 가 다치고, 또 막 물결쳐 다니면서 어딘지도 모르고 어떵할 거여. 그 물에 끌려다니며 몇 번을 죽었겠어. 큰 고기들, 상어 같은 거 보면 '저것들이 우리 어머니 다 먹어버렸겠지' 그래서 내가 멸치고 뭐고 바당고기를 일절 안 먹어. _**김연옥**(1942년생)

# 진아영의
# 무명천

"……"

"분홍이라

다홍이라

꽃이불은

화사해

외려

서럽다"

진아영 할머니가 쓰시던 이불. 저 곱디고운 이불 위에서 할머니는 수십 년을 뒤척여야 했다.

사람들 앞에서는
흉한 모습을 보이기 싫어
물 한 모금도
마시지 않았다

고운 연분홍 치마 입고 할머니는 어디로 가고 싶으셨을까.
생전에 분홍색을 좋아하셨던 듯, 이 한복 역시도 분홍색이다.

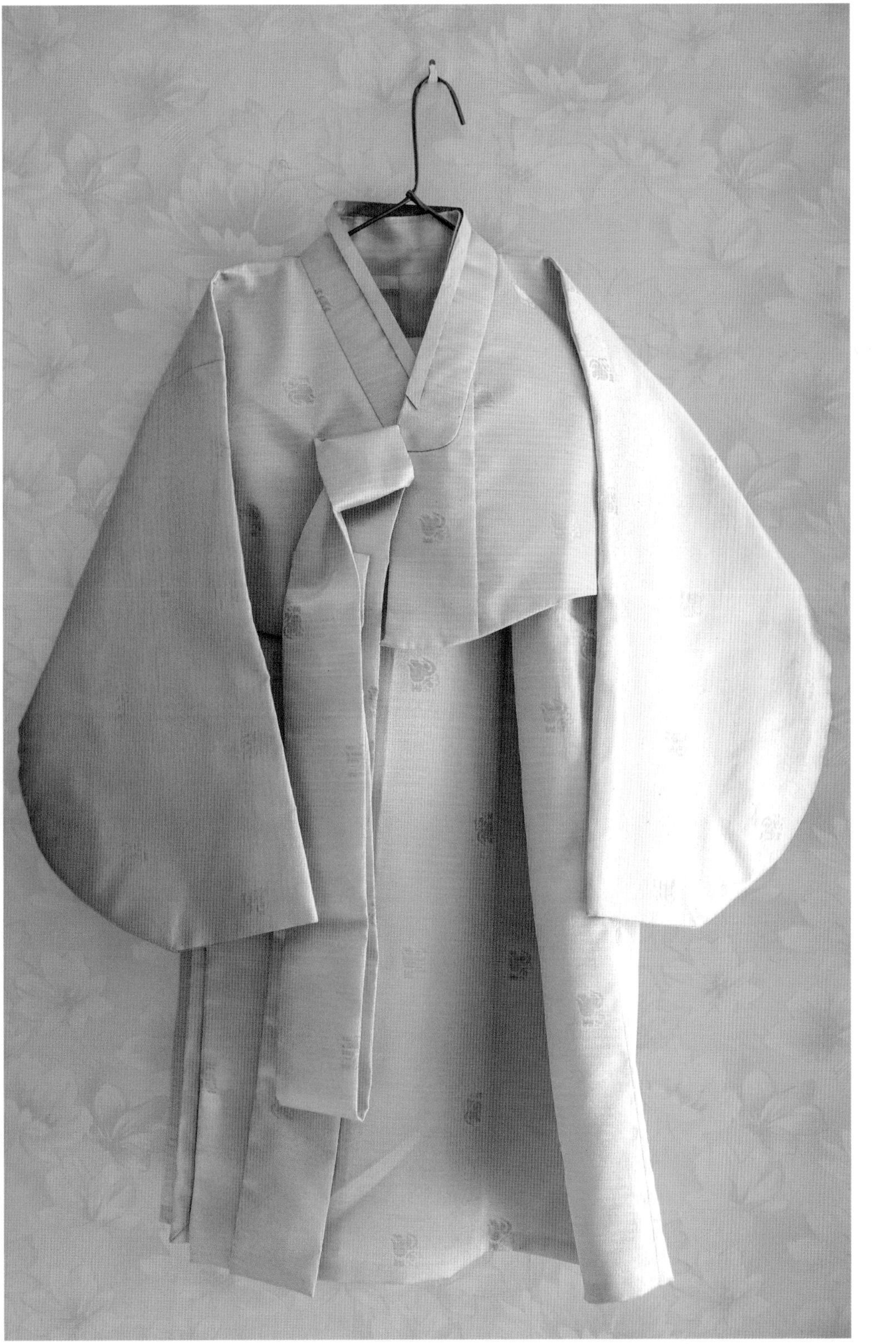

## 봄꿈

연분홍 치마 입고
봄꿈 속으로 출타하셨네

평생 턱을 싸매어 묶은 띠
탯줄처럼 질긴 끈

무명천 너무 희어
차라리 눈이 부신데
그 안에 묶어 다물어온
악몽아

분홍이라 다홍이라 꽃이불은
화사해 외려 서럽다

진달래 이불 속에서
아악 아악 밤새 까마귀 울던
검은 세월아

웡이자랑 웡이자랑•
혼저혼저 자랑자랑••

• 제주에서 대나무로 만든 아기구덕에 아이를 뉘어놓고 흔들어 재우면서 불렀던 자장가.

•• '어서어서 자려무나'의 제주어.

⁙

'무명천 할머니'로 알려진 고 진아영 할머니는 1914년 한경면 판포리에서 태어나 자랐다. 4.3사건 당시였던 1949년 1월, 집에 들이닥친 군경을 피해 달아나다가 그들이 난사하는 총에 턱을 잃는다. 부모님이 돌아가신 뒤 언니가 사는 옆 마을 월령리로 옮겨왔다. 턱이 없어 제대로 씹지도 못했던 할머니는 평생 영양실조와 소화불량과 관절염에 시달려야 했다. 사람들 앞에서는 흉한 모습을 보이기 싫어 물 한 모금도 마시지 않았다. 제대로 먹지도 말하지도 못하는 얼굴을 무명천으로 감싼 채 외로움과 가난, 고통 속에서 평생을 살아야만 했다.

또한 2004년 9월 별세하기까지 누군가가 총을 들고 쫓아온다는 공포와 피해의식에 사로잡혀 지냈다. 모든 문마다 자물쇠를 달고, 화장실에 갈 때나 마당가로 나올 때도 방문을 잠그고 다녔던 이유이다. 누가 왜 죄 없는 자신을 쏘았는지 정체도 영문도 모른 채 턱을 잃은 그날 이후, 턱뼈만이 아니라 삶이 부서지는 고통을 준 폭력적인 세상, 그 세상을 향해 할머니는 마음의 문 역시 걸어 잠근 것인지도 모른다.

정부 차원의 사과는 할머니가 돌아가시고 2년 후인 2006년에야 이루어졌다. 이제는 할머니의 빈집, 그리고 할머니가 기르던 백년초 선인장만 남아 참배객들을 맞고 있다.

• 이 글은 기존 자료를 바탕으로 진아영 할머니의 생애를 재구성한 것이다.

# 박선희
# 시할머니의 궤와 한복

"4.3 당시 할머니가 스물여섯이었는데,
젖먹이 하나에 궤짝 하나 남기고 할아버지는 돌아가신 거예요."

諱命宗墓在眞泉忌日三月初十日
配信川人康德秀女墓在成吉岳北忌日十月初七日
諱光福當鄕別監墓在兎山里北忌日十月二十日
配兎山人金鳴輝女墓忌日三月初六日
諱希文當鄕別監墓在飛靑南田忌日正月十九日
配兎山人金就悍女墓在兎山里北忌日十月二十八日
諱瑞鳳
生于癸巳九月初十日午時終于光緖十二年乙酉八月初二日卯時墓在兎山眞童山甲坐
配仍川人許氏墓在中水洞忌日二月初七日
配慶州人金氏生于庚子 終于壬戌正月初八日
墓在漢南里高南水東卯坐
生漱貫年十九登科仕於麗朝官至户曹判書字
新福官至侍郞子仲遜子大元年二十六登科仕
於本朝官至參判子雲秀早死子碩昌年二十二
登科碩卿碩善年二十登科二十六歲爲羅
州牧使當兵亂世失官不知所歐□吳明現
出陸時庇安縣吳氏家謄書來云爾

諱景安
諱道仁

## 물빛 저고리

수의 대신 이거 입고 갈란다

푸른 소나기 닮은
뽕잎 갉는 소리 좋았지

물영아리오름 올랑
뽕잎 따다 누에 질렁
명주실 뽑아 물레질 허영
내 손으로 만든 물빛 저고리
큰애기들 혼례 때마다 돌려 입었지

오름 오르다 보았네
거적 속에 누운
한 가족
누에 먹이는 일 더는 할 수 없었네

봉인하듯
아픈 머리 수건으로 동여매
버텨온 기억

나는 모르쿠다

끝내 누설하지 않은 죄였네
개머리판에 깨진
봄날

이거 입고 갈란다
푸르던 날 지어놓은
자주 끝동 물빛 저고리

알약처럼 쏟아졌네 흰 벗꽃

⁙

어느 날 할머니가 저한테 아이들에게 인형을 사주지 말라고 분노에 차서 얘기를 하시는 거예요. "사태에 개 죽은 거, 말 죽은 거 닮다. 데껴불라•!" 인형들만 보면 개 죽은 거 같고 말 죽은 것 같고, 4.3 때 보았던 게 떠오른다며 할머니가 인형들을 다 불태워버리셨어요.

할머니가 바느질 솜씨가 좋으셨어요. 젊었을 때는 손수 누에를 쳐서 명주실 뽑아서 바느질해 한복도 다 만들어 입었는데, 할머니가 만든 옷을 동네 처녀들이 결혼할 때 얻어 입었다고 하니까요. 근데 어느 날은 뽕잎을 따러 물영아리오름 가는 길에서 몰살당한 가족을 보셨다고 해요. 그래서 애들 인형들 봐도 그때 그 장면이 떠오르셨던 것 같고요. 그 충격 때문에 그뒤로는 뽕잎 따러 못 가시고 명주 옷감도 더이상 못 만드셨죠.

평소 4.3 이야기를 전혀 안 하시다가 가끔씩 분노에 차가지고 이야기를 시작하시는데, 할머니가 '대맹이•• 아프다' '오래 살고프지 않다'고 자주 얘기하시거든요. 군인들이 태흥리 바다에 있는 절에 할머니를 데려가 마을 사람 중 누구누구가 없는데 어떻게 했느냐, 친척이 누구냐 하고 하루종일 고문을 했대요. 또 구덩이를 파서 그 둘레에 앉혀놓고 안 불면 이 구덩이에 묻어버린다고 협박을 하고. 그런데도 할머니는 입도 뻥끗 안 했다고 해요. 그때 총 개머리판으로 머리를 맞아서 평생 머리가 아프시대요. 4.3 생각하면 머리가 막 아프다고, 수건으로 묶지 않으면 너무 아프다고 하셨어요.

• '던져버려라'의 제주어.

•• '대가리'의 제주어.

시증조할아버지가 궤 뚜껑 안에 자근자근• 당신의 아버지 제삿날이랑 산소 위치를 적어두었다고 해요. 증조할아버지께서 당신의 아들이 죽는 걸 목격했고 할머니까지 위험할까봐 궤짝에 적어둔 거죠. 4.3 당시 할머니가 스물여섯이었는데, 젖먹이 하나에 궤짝 하나 남기고 할아버지는 돌아가신 거예요. 할머니는 이 궤를 지키기 위해서 밤에는 밖에 꺼냈다가 낮에는 들여놔뒀다가 과수원 나무 아래 놔뒀다가 하셨다고 해요.

할머니는 조상 모시는 데 아주 극진하셨어요. 혼자 돌담 쌓고 조상묘 다섯 자리를 다 손수 관리하셨어요. 묏자리도 좋은 데 있으면 혼자 이장하고 정리하고 하셨다고 해요. _**박선희**(1969년생)

• '차근차근'의 제주어.

누에 길러 뽑아낸 실로 짠 명주 옷감에 옥색물 들여 손수 만든 결혼 예복.
꽃그늘 아래 고왔던 시절이 꽃잎 지듯 스러져갔다.

초가을 바람이 불던 아침,

할머니의 부고를 들었다.

이 한복을 입고 가셨다고 한다.

100세였다.

훨훨 가셔요

서쪽 꽃밭 푸른 나비로

그래도 여기 그리우면

정든 꽃나무 한 가지

더운 잎으로 다시

오세요

당신

# 수장고에 보관된 4.3 유품들

**유물명**: 빗

**수습일**: 2006년 5월 2일

**특이사항**: 제주4.3연구소 연구원이 목시물굴 가지굴 안쪽 200미터 지점에서 발굴

# 얼레기[•]

오름의 순한 능선이었다가

능선에 기댄 하현이었다가

달빛 동그란 그 이마였다가

이마 아래 웃는 아미였다가

감은 눈 가만 떨리던
속눈썹이었다가
청촐[••]처럼 바람 찰랑이던
머릿결이었다가

• '얼레빗'의 제주어.
•• '목초牧草'의 제주어.

어둠 속 곱은 손이
쥐고 있던
반달 하나

슬픔으로 등이 굽었다

**유물명**: 꺾인 숟가락

**수습일**: 2003년 9월 16일

**특이사항**: 현의합장묘 발굴 당시 39구의 유해와 함께 출토된 유류품으로 추정

**유물명**: 단추

**특이사항**: 제주국제공항 남북활주로 구덩이와 구좌읍 다랑쉬굴 등 제주 곳곳에서 발굴

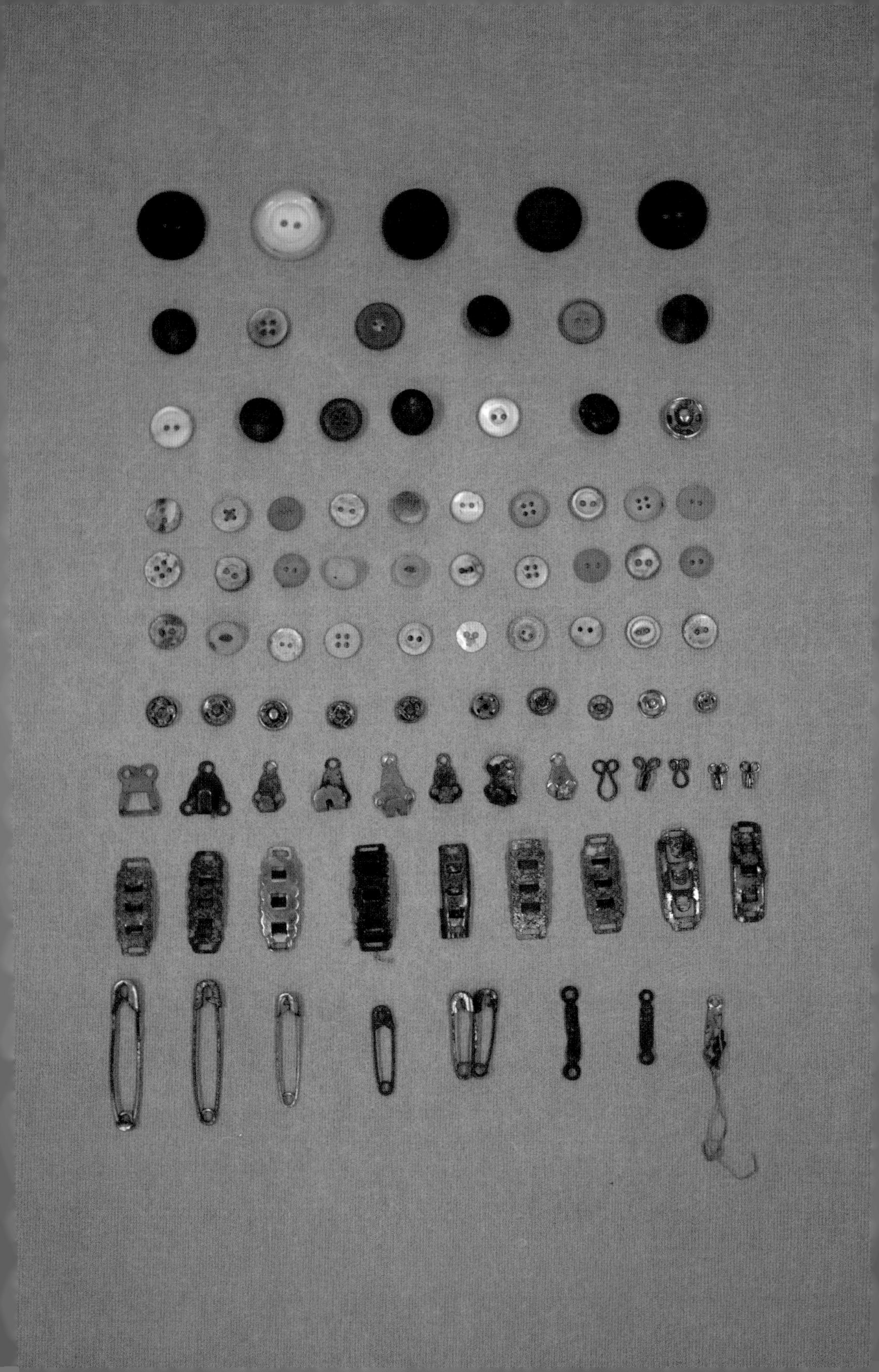

## 단추

미처 다 채우지도 못하고 끌려간
사람들
놀란

눈 동 자

봐부난[*]
봐부난

마지막까지 매달려 있었던
안간힘으로
이편과 저편을 잇고 있네

* '보아버려서'의 제주어.

역사가 유실한

가장 작은 존재들이

최후의 간신함으로

간절함으로

**유물명**: 상의

**수습일**: 2009년 3월 6일

**수습장소**: 제주국제공항 남북활주로 북동쪽 구덩이 북쪽 끝

• 군법회의 사형(1949.10. 2) 암매장지로 추정

**특이사항**: 상의가 발견된 유해는 발굴 당시 259구의 유해 중 서른한번째로 확인되었다.
유해는 바로 누워 있었으며 양손은 뒤로 묶여 있었다. 무릎은 구부린 채 좌측으로 틀어져 있었다.
그물망 나일론 소재의 반소매 상의를 착용하고 있었고, 허리 쪽에 벨트와 고무줄, 하의 일부가 확인되었다.

**유물명:** 고무신

**수습일:** 2009년 1월 16일

**수습장소:** 제주국제공항 남북활주로 북동쪽 구덩이 남쪽 끝

• 군법회의 사형(1949.10. 2) 암매장지로 추정

**특이사항:** 고무신이 발견된 유해는 발굴 당시 259구의 유해 중 열번째로 확인되었다.

유해는 바로 누워 있었으며 양손은 뒤로 묶여 있었다.

무릎을 구부리고 있었으며 척추를 비롯한 상반신과 양팔은 부식이 심한 상태였다.

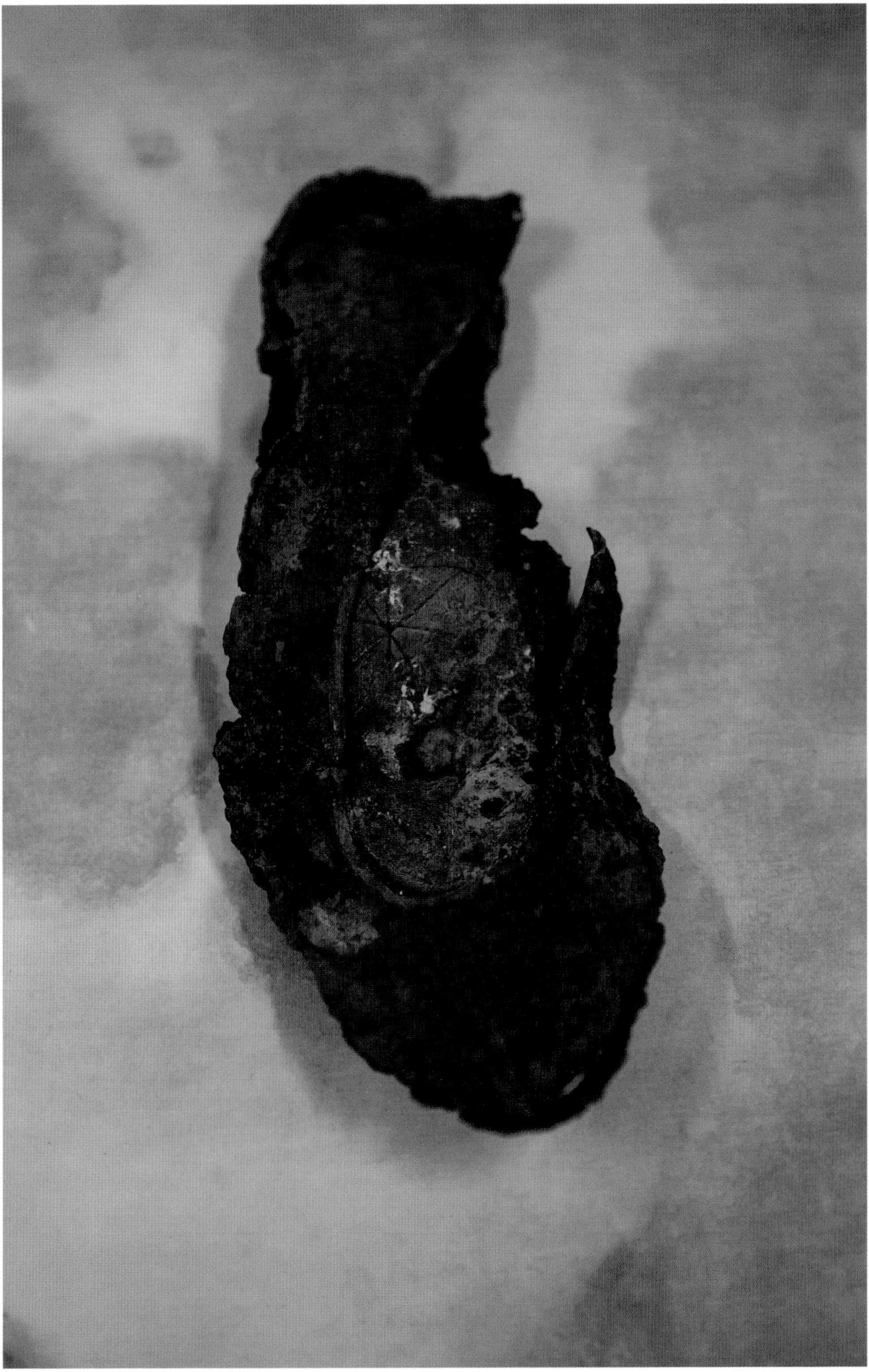

## 그러나 나는,

오래 울었다 허리가 꺾였다
기다림으로 삭아버렸다
그러나 죽지 않았다 나는

나는 기다린다
정낭 하나 걸쳐놓고*
오지 않는 사람

나는 기억한다
그와 걸었던 길, 그 길가 삐비와 억새, 내게 실리던 그의 무게와 체온, 오른쪽 뒤축이 먼저 닳곤 하던 걸음, 비자낭** 순비기꽃 향기를, 동백의 빨강과 바다의 파랑을, 배어들던 소금기와 바람, 바람, 그의 웃음 그의 불면 그의 꿈을

그래서 나는
무덤 속에서도 살아남았다
망각보다 오래 살아남았다
속솜하고*** 숨죽인 죽음의 야적장에서
활주하는 강철 새들의 바퀴 아래서
살아남아 나는 기억한다

내게 스며 나를 이루고 있는 검은 꿈들, 총성과 화염, 소리 죽인 통곡, 짐승과 초목의 타는 냄새와 울부짖음을, 아 그리고 너, 너의 눈동자를, 실어의 세월을,

나는 들었다
말하라 남아서 말하라
그의 목소리

그러므로 내 최후의 술어述語는 이것
나는 말한다
말하노니

들어라 사람아
이 녹슨 침묵을
목쉰 노래를

• 제주에서 대문 역할을 하는 정낭을 하나만 걸쳐놓는 것은 '곧 돌아온다'는 의미이다.

•• '비자나무'의 제주어.

••• '조용하고' '잠잠하고'의 제주어.

# 끝내 남아 부르는 노래

허은실

— 커피 한잔하까?

이 말이 왜 그렇게 좋았나 몰라. 녹취 파일을 듣다가 이 대목에서 눈물이 쑥 솟아서는 "저 내일 커피 마시러 가도 돼요?" 대뜸 전화를 걸었다. 그는 맥심 알커피 한 스푼에 설탕 두 스푼. 나는 커피 두 스푼에 설탕 한 스푼. 우리는 커피를 마시고 몽쉘통통을 까먹고, 노닥노닥 이야기하다가 텔레비전을 참견하다가 노래를 불렀다. 요즘 트로트 프로그램이 많아져 심심하진 않다던 얘기 끝이었다. 그의 애창곡은 〈기러기 아빠〉와 〈여자의 일생〉. 물질하러 다닐 때 배에서 자주 불렀다는 노래들. "아유, 세상에! 너무 잘하신다!" 나의 추임새에 흥이 난 그는 "〈꽃을 든 남자〉 알아지까?" 그러더니 내처 〈열아홉 순정〉과 〈동백아가씨〉까지 불렀다. 아니 그렇게 수줍어하며 손사래를 치던 양반이! 나훈아보다 남진을 좋아하는 북촌 옥화 할머니다.

— 아, 짧은 인생 살면 얼마나 산다고 그렇게 비싸게 군답니까?

함덕의 방자 할머니는 남진보다는 나훈아파. 하지만 '훈아씨'를 자주 못 보는 게 서운하다. '남진이'처럼 '테레비'에도 많이 나오고 제주도 와서 공연도 하면 좀 좋으냐는 거다. 불자인 그의 최애곡은 〈수덕사의 여승〉. 귤을 따다가 흥얼거린 뒤로 '방자 언니는 수덕사의 여승'이라고 불리게 됐다.

— 맨도롱헐 때 호록허게 먹읍서.

〈전국노래자랑〉을 보던 한림의 연옥 할머니는 내가 앉자 연신 먹을 것을 내오신다. 요즘 한글과 노래를 배우고 있는 그의 낮은 책상엔 〈동백아가씨〉 가사를 큰글씨로 출력한 종이가 놓여 있다. 우리는 고구마와 도나쓰와 무김치를 먹고 율무차를 마시고 귤을 까먹다가 〈동백아가씨〉를 불렀다. 이 좋은 걸 모르고 산 게 한스럽다는 그에게, 다음엔 다른 노래도 배워 같이 불러보자 약속했다.

— 아헤 어허야 어허잉 어헤야 얼럴럴거리고 염불로 놀자.
북촌 재후 할아버지의 소리는 구성지고도 구슬프다. 상여 나갈 때 불렀다는 〈꽃염불소리〉다. 다음에 책을 가져올 때면 〈고향의 봄〉을 불러보마 하신다. 서울 무슨 농민대회에선가 불러 3등을 했다는 노래. 이 노래를 들을 즈음 마당에는 귤꽃 봉오리가 맺혀 있겠구나.
— 자기표현을 거리낌없이 하는 게 평화 아닙니까?
〈꽃염불소리〉가 불리던 상황을 들려주다가 나온 이 말을 나는 수첩에 적었다.

아 그래, 평화! 너무 가깝고 커서 멀던 말. 제주로 이주해 4.3과 관련된 작업을 하면서 나는 언어들이 새로운 무게와 감각으로 재정의되는 것을 느낀다. 서러움이라는 것, 그리움, 한, 그리고 평화라는 것. 피상적으로 알던 단어들이 구체적인 형상과 실감으로 다가온다. 나는 이 할머니 할아버지들의 노래를 들으러

이 섬에 온 거구나.

연옥 할머니는 어머니가 자리 가시를 발라 숟가락에 얹어주던 기억을 가장 따뜻한 것으로 간직하고 있지만, 정작 자신은 생선을 일절 먹지 않는다. 4.3 때 수장된 부모님 생각 때문이다. 생선살 한 점, 쌀 한 줌, 한 소절의 노래, 한 방울의 눈물. 옥화 할머니의 알커피 한 스푼, 설탕 두 스푼. 아주 작고 사소한 것들이 지켜지는 것. 삶의 최소단위들이 유지되는 것이 평화는 아닐까. 그러니까 평화는 그냥 이렇게 커피 한잔하는 것. 부르고 싶은 노래를 마음껏 부르는 것. 거리낌없이 곡소리를 내고 눈물 흘려도 되는 것.

노래를 부르며 생각했다. 잊지 말아야지. 함께 노래 부르던 오후를. 봄이 스민 빛에 떠다니던 먼지의 춤을. 노래를 끝내고 아기처럼 웃던 얼굴을. 이 평화의 감각을. 그리고 내 손을 끌어 머리의 흉터를 만지게 하던 손과 그 움푹 파인 자리의 이물감을. 그러니까 평화의 반대 감각을. 간직해야지, 오래오래. 그들이 그랬던 것처럼.

사물들을 다시 들여다본다. 백년을 지녀오고 전해오는 마음을 헤아려본다. '간직하는 마음'이란 것에 대해. 듣고자 했다. 녹슬고 삭고 헐고 해지고 바래고 부서지고 그러나 끝내 살아남아 전하려는 이야기를. 하지만 내 귀는 너무 작고, 작았다. 내가 이 어마어마한 고통과 상처를 얼마나 담아낼 수가 있을까. 뭘 믿고 시작했지? 뭘 몰라서 시작했고, 알아갈수록 두려웠다. 시를 쓰러 앉기 전 삼배를 했다. 책상은 제단이라고 생각했다. 이 쓰기는 그러니까 내 식의 작은 제의이자 비념이기도 하다.

그렇게 목소리 속에서 한 시절 살았다. 유족의 목소리, 울음과 웃음, 한숨과 노래, 그들이 간직해온 사물의 목소리. 그 목소리는 라디오에서 나오는 음악에 스며들었고 설거지하는 물소리에 섞였고 오름을 걷는 내 숨에 배어들었다. 목소리의 겹침. 맞울림과 맞울음. 이 목소리들이 이제 당신에게 가닿으면 좋겠다. 나아가 다른 현대사의 고통과 공명하며 서로를 부르는 소리, 어루만지는 소리가 되면 좋겠다. 70여 년 전 일어났던 사건이 아니라, 여전히 살아 숨쉬는 현재적 과거로.

『기억의 목소리』 작업을 하면서 다시 묻게 되는 것은 결국 아주 단순한 것이었다. 이토록 무자비한 일을 저지를 수 있는 인간이란 대체 어떤 존재인가. 상상 가능치를 넘어서는 참혹 속에서도 끝끝내 살아지게 하는 삶이라는 것의 정체는 무엇인가. 사람이, 사람으로서, 삶을, 산다는 것은 어떻게 가능해지는가. 우리는 어디서부터 사람이고, 어디까지가 삶인가.

— 들어와요. 문 열려 있어.

혼자 사는데도 옥화 할머니는 현관문을 잠그지 않는다. 옛적부터 그랬다, 제주 사람들은. 삼다도 제주는 삼무도이기도 한데, 제주에는 거지가 없고, 제주에는 도둑이 없고, 제주에는 대문이 없었다. 고루고루 나누고 서로서로 믿기에 구걸하는 사람도, 훔쳐갈 필요도, 걸어잠글 이유도 없었다. 이 없음에 바로 평화가 있다. 오랜 수난과 핍박과 항쟁을 거치면서도 지켜왔던 평화의 가치를 나는 『기억의 목소리』 작업을 하며 다시 새긴다.

이 글을 쓰고 있는 카페 창 너머로 성산일출봉과 유채꽃이 환하다. 일출봉 아래 흰색 렌터카들 서 있는 저쯤이 4.3 학살터인 터진목이다. 제주 곳곳 이 아름다운 풍광 뒤에, 아리도록 아픈 광풍이 있었음을 이제 당신이 알아주면 좋겠다. 적어도 당신만은 함께, 기억해준다면.

4.3 행방불명자 수형인에 대해 무죄 판결이 나고 제주4.3특별법 전부개정안이 국회를 통과한 직후에 이 책이 독자를 만나게 되어 기쁘다. 책에는 제주4.3평화재단 조정희 연구원의 지문도 묻어 있다. 감사하다. 무엇보다 헤집기 어려운 상처를 낯선 육지것에게 스스럼없이 꺼내어주신 희생자와 유족들께 이 책을 바친다.

다시, 봄이 오는 제주에서

당신께, 평화를!

글 허은실
2018년 제주로 이주한 후 4.3 관련 증언을 기록하며 시로 쓰는 일을 이어오고 있다. 문명과 역사, 체제와 이념의 폭력 속에서 음소거된 목소리를 듣는 일, 문서가 누락한 이름들을 부르는 작업에 더 많은 시간과 마음을 쓰려 한다. 지은 책으로 시집 『나는 잠깐 설웁다』, 산문 『내일 쓰는 일기』 『그날 당신이 내게 말을 걸어서』 『나는, 당신에게만 열리는 책』이 있다.

사진 고현주
2018년부터 제주4.3 유품을 사진으로 기록하는 작업 〈기억의 목소리〉 시리즈를 진행하고 있다. 4.3의 역사가 당대의 집단기억으로, 문화적·시대적 상징으로 자리잡는 계기를 만드는 데 예술가로서 작은 역할이나마 하고자 한다. 일곱 번의 개인전과 국내외 다수 기획전에 참여했다. 지은 책으로 『꿈꾸는 카메라』가 있다.

# 기억의 목소리
**사물에 스민 제주4.3 이야기**



1판 1쇄 2021년 4월 2일
1판 2쇄 2021년 5월 6일

지은이 허은실 고현주

책임편집 정현경 | 편집 이자영 이연실
디자인 윤종윤
마케팅 정민호 양서연 박지영 안남영
홍보 김희숙 김상만 함유지 김현지 이소정 이미희 박지원
제작 강신은 김동욱 임현식 | 제작처 영신사

펴낸곳 (주)문학동네 | 펴낸이 염현숙
출판등록 1993년 10월 22일 제406-2003-000045호
주소 10881 경기도 파주시 회동길 210
전자우편 editor@munhak.com | 대표전화 031)955-8888 | 팩스 031)955-8855
문의전화 031)955-2655(마케팅), 031)955-1910(편집)
문학동네카페 http://cafe.naver.com/mhdn | 문학동네트위터 @munhakdongne
북클럽문학동네 http://bookclubmunhak.com

ISBN 978-89-546-7836-0 03810



www.munhak.com